欲と収納

群 ようこ

角川文庫
18359

目次

物を捨てなくっちゃ

物を捨てなくちゃと、これまでの人生で何万回思ったことだろう。ずっと物を整理しなくてはと考えてはいるものの、ずるずると引き延ばし続けている。そう思い続けて何十年、今に至るまで、室内の状況は改善されていない。情けない限りである。私は二十四歳で一人暮らしをはじめてから、今まで七回引っ越している。

はじめて引っ越したアパートは木造の二階建ての一階で、六畳と台所が三畳ほどの、若い独身者が入居する、ごく普通の建物だった。杉並区下井草《しもいぐさ》で家賃は四万円ちょっとだった。バストイレつきではあったが、バスの横にトイレがあるのではなく、トイレの中にバスがあるといったほうがいいような造りで、お風呂《ふろ》を沸かすと床のタイルの隙間からみみずが上がってきて、タイルの上でのたうちまわる始末だった。それでも何でも自由になる、一人暮らしは楽しかった。たしか冷蔵庫と洗濯機はもらったような気がする。実家から持っていった家具は、本と物入れ兼用の食器棚と、小さなタンス、自室にあったテレビ、布団くらいだった。ただし本は段ボール箱に二十箱あった。自炊をしていたので、調理道具も買い揃えたけれど、中華鍋《なべ》、圧力鍋、フライパン程度で、それで十分生活できていた。

次に引っ越したのは、杉並区荻窪《おぎくぼ》の大家さんの敷地の中に建っている離れだった。二階建てで一階にお風呂場があり、二階に四畳半ほどのキッチンと、奥に八畳があったのだが、壁面がガラス戸付きの作り付け本棚になっているのが、とてもうれしかった。私はとても気に入っていたが、大家さんの孫が急に結婚することになり、そこに住みたいというので、出て行って欲しいといわれて、半年もいなかった。会社に勤め、書く仕事をしながら部屋探しの時間がとれなかったので、知り合いが引っ越すという、吉祥寺《きちじょうじ》の六畳と三畳の台所の1Kの風呂無しのアパートに引っ越した。銭湯が目の前にあり、静かだったので、私はそれなりに気に入っていた。その次は同じ吉祥寺の六畳と四畳半のキッチンの1DKのマンション、その次は吉祥寺の六畳の和室と十畳の1LDK、その次は西荻窪の2DK、そして今の3LDKと、だんだん広い部屋に引っ越しができたのは、私が恵まれていた証拠だ。ありがたいことである。

そんな引っ越しのたびに、本以外の荷物は整理できたので、気分も一新できたけれど、今の部屋に住んで二十年近くになった。私の住んでいる階には、隣室に住んでいる友だちと私の部屋の二室しかなく、無法地帯と呼ばれている。風通しもいいし居心地がいいので、友だちと相互扶助をしながら、ネコも拾い、ぬくぬくと過ごしているうちに、あっという間に二十年近くが過ぎたのだ。

以前から友だちと老後の長屋暮らしをする計画はしているのだが、それぞれ仕事があるので、現実には何も動いていない。友だちも私も執着がないので、根っこが生えてしまった今の場所から、気分転換に引っ越したいなあという気持ちはあるのだが、実現できるかどうかはわからない。何年か前、一度、ばらばらになって離れて住み、それからまた集結したほうがいいのではないかという話も出たが、特に引っ越しの話も出ないまま、今に至っている。

つい先日、同じ敷地に二棟立っている借家を見に行ったことはある。歩いて三分ほどの距離で、今のマンションよりも家賃が安くてものすごく広い。以前に住んでいた人は、親世帯と子世帯の総勢七人が住んでいたという。それだったら納得できるほどの広さで、広いほうの家に友だち二人、狭いほうの家に私とネコが住むには、あまりに広くて逆に不安になるほどだった。結局、そこはお断りして、それ以降、物件は見ていない。

私の実家は二階建てで、部屋は上下階それぞれ百平米ずつの広さがあるのだが、建てた当初から私に合鍵《あいかぎ》を渡さない弟が、一人で独占しているし、私は還暦を過ぎて、現在借りている部屋と同等の高額な家賃は払う気はない。小屋のようなワンルーム、あるいはリビングルームとベッドルームだけの1LDKが、歳を取ったときの住まいとしてはいちばんいいと考えているので、今住んでいる部屋に比べて明らかに狭くなる。となると今ある物を半分以下にしないと、部屋に入らない可能性があるのだ。

若い頃は引っ越しが大好きだった。気分も変わるし、荷物の整理もできる。しかしこの年齢になると、引っ越しを考えると気合いが必要だ。不慣れな土地に行くのは楽しみだけれど、問題は現状では身軽に動けないからである。同じ場所に住み続けて、ふくれあがった所有物をどうするかである。私も昔は、収納について考えたこともあった。便利だという噂のすきま家具なども買ったこともある。しかし私の場合、それで片付いたためしがない。なぜかというと、それで収まらないほど、物が多いからなのだ。

周囲を見れば、物、物、物だらけ。ここに引っ越す前に住んでいた2Dのマンションの広さは、四十八平米くらいで、それなりにきちんと片付いていたので、ここに住んで二十年近くの間に、どどーっと物が増えたのだ。広い部屋に住んでいても、物が少なくすっきりと暮らしている人はいる。私は引っ越した部屋の大きさに合わせて、物が増えてしまったのだ。

「これは絶対に何とかしなくてはならん！」

冗談ではなく、本気で考えなくてはだめになった。だらけるのも今年が最後と肝に銘じなくてはいけない。本を両腕に抱えて移動するのもしんどいし、買ったり送られてくる雑誌の処分も面倒になった。インターネットが普及して、さまざまな物を家にいながら気軽に買えるようになったのも、こらえ性のない私にはよくなかったのかもしれない。買うのはいいけれど、家から出すということまで考えていなかった。手元にずっと置いていても、管理できる人はいい。また逆に管理しようとしない人もそれはそれでいい。多くの物をためておけるタイプの人は、そういった人たちだろう。管理しようなんて考えておらず、「物がそこにあればいい」のだ。

しかし私はこれから歳を取り、自分で思うように行動できなくなることを考えると、ここ一、二年が、物を処分する最後のチャンスだ。今でさえ、資源ゴミの前日に、インターネットで購入した物品が入っていた、大小十個ほどの段ボール箱をつぶし、雑誌や本を紐《ひも》で結んで、マンション前のゴミ置き場に出すことすら、面倒くさい。エレベーターがあるのにである。どれだけ体力がなくなり、ものぐさになったのかと呆《あき》れる。

となると何度もいうが、持ち物を減らすしかない。きっぱりと物を捨て去った、必要最低限の物しかない室内の写真を見ると、

「すっきりしてていいなあ。掃除が楽そうだなあ」

とうらやましくなる。その一方で、たくさんの物に囲まれた部屋も、それなりにいい。どちらも住人が自分の意思をしっかり持っているから、素敵に見える。私は物に関しては激しくぶれている。どちらかというと物は少なくしたいとは考えているし、

あふれる物のなかでは暮らしたくない。でも物が減らせないのだ。

しかし迷っているうちに、間違いなく歳は取っていく。あと数年もすれば、シニアといわれる年齢になる。よく聞くのは親が亡くなって、子供たちが所持品の整理をしていたら、お金も時間もかかって、大変な思いをしたという話だ。その一方、所持品を徐々に処分していった、おばあさんが亡くなったときに残っていたのは、小さなタンスに入った身の回りのものだけだった、などと聞くと、

「美しい……」

とその後始末のつけかたに、すがすがしさを感じる。

私は若い頃からホテルの部屋が大好きだったのに、今のこのざまは何なのだろうか。

「指向と現実が違いすぎる」

我ながら自分が信じられない。何十年、何もない部屋が好きといってきたのだろうか。今までの人生で軌道修正すればいいのに、それもすることなく、家族用のマンションで同居しているのはネコ一匹だけなのに、すべての部屋が物で埋まっている。

「何か間違っている」

としかいいようがないのだ。

しかしいわゆる一般的にいう汚部屋なのかというと、そこまではひどくない。床に物が散乱しているから、日が経つにつれてだんだん天井が近くなってくるとか、ベッ

ドの上しかいるところがないとかではない。しかしきっちり片付いているかというとそうでもないのである。私が客観的な目で見ても、

「どう考えても物が多い」

のだ。

私よりも物を持っている人はたくさんいる。たとえばインテリアの写真などを見ると、彼らは多いなりに秩序を保ち、物が多くても見苦しくない。なのにどうして私の部屋は圧迫感があるのか。それは量が自分の手に負えないからだ。物が多くても自分で管理できる人は、何の問題もない。しかし私の場合は、管理できる数に限りがあるようなのである。この歳になって自分の能力不足に気付いたのがとても恥ずかしい。

3LDKの賃貸マンションの室内を見渡すと、一部屋には本と毛糸が山積み、ベッドルームには洋服。和室は着物部屋になっており、桐タンスやエレクターシェルフ、そして呉服の箱でいっぱい。リビングルームには食卓、二人がけのソファとローテーブル。一人用の椅子が食卓テーブルの四脚とは別に、三脚ある。椅子が明らかにありすぎる。食卓は仕事机も兼ねているので、上には辞書、本、資料、書類、雑誌があふれ、その隅っこでノートパソコンを開いて仕事をしている。

床には九十センチ四方のダウンが中に入った薄手のマットの上に、汚れがついてしまったエルメスのスカーフを敷いたのが、飼いネコのくつろぎの場になっている。そ

して段ボール製の大型爪研ぎが四個、もちろんネコが爪研ぎに使うけれど、その上でごろりと寝るのも好きなので、本来ならば一個でいいものを四個も置いている。どうしてそうなったかというと、お隣の飼いネコ、ビーちゃんが生きているときは、ベランダづたいに毎日うちに遊びにきていた。彼はとっても性格のいい子なので、何の邪心もなく、うちにある爪研ぎで爪を研ぐと、うちのネコが怒り、ものすごい勢いで走ってきて、ばしっとビーちゃんにネコパンチをくらわせていた。いくら私が、

「二人で仲よく使えばいいでしょう」

と仲裁しても、うちのネコの怒りは収まらず、ビーちゃん用の爪研ぎを横に置くと、争いが起きなくなった。

またそれが二倍に増えたのは、二匹とも爪研ぎの上で寝るのが大好きで、どうせ寝るのなら広いほうが気分がよかろうと、私がもう一つずつ追加したからである。そしてビーちゃんは天国に行き、四個の爪研ぎが残った。必要がないだろうと、捨てようとしたら、またうちのネコがものすごい勢いで走ってきて、爪研ぎをがしっと握り、

「にゃああ、にゃああ」

と鳴きながら、ぐいぐいと引っ張り、持って行くなと抵抗した。必死の抵抗に負けた私は、仕方なくそのまま四個の爪研ぎを床に置いているのだ。

ネコは夏は唯一クーラーをつけるベッドルームで寝ているが、それ以外の季節はリ

ビングルームのマット、ソファと爪研ぎを、行ったり来たりして寝ている。インテリア的にそれらの爪研ぎを何とかしたいのだが、うちのおネコ様のためなので、私のインテリアの好みは、ネコを拾った時点であきらめた。

リビングの隅にある三段の棚には着物や編み物の本、雑誌が詰まっていて、雑然としている。一時期はその上には何も置かずに、花瓶やちょっとした小物などを飾っていたのだが、本や雑誌に追いやられて今はただの本置き場になっている。ソファの前にはオーダーした木製の細長いローテーブルがあり、そこが私の化粧スペースでもある。北側にある洗面所はいまひとつ肌の色の具合がわかりにくく、夏場はそこのキャビネットに化粧品を入れておくと、どういうわけか熱気でものすごく温められてしまうので、オーガニック系のものを使っていると変質しそうで、そこに入れるのはためらわれる。なので洗面所では顔を洗うだけで、化粧水をつける段階からは、このローテーブルに化粧品が入った小さなバッグを持って来て、顔に塗るのである。あらためて考えると、私の部屋にはけじめがない。まるでワンルームで暮らしているかのように、生活のすべてがごっちゃになっている。

「室内にあふれかえっている物を捨てなければどうしようもない」

以前は押し入れやクローゼットを整理すればどうにかなるとたかをくくっていたが、とにかく、速攻で捨てなくちゃだめなのだ。若いときはたくさんの物に囲まれていても、体力で物量に対処できるのだけれど、体力が物量に負けるようになると、毎日がしんどくてたまらない。私の場合、若いときは物が少なく、歳を取るにつれて物が増えていった。物の処分という点からいうと、まったく逆のパターンになっている。物量の多さが心地よさではなくなってきているので、とにかく、

「物を減らす！」

これが使命だ。物を買うのもエネルギーがいるので、昔のようにたたみかけるように増えはしないが、気を許すとじわりじわりと浸食してくるので、しっかりと気持ちをひきしめるしかないのだ。

物が多いと、「掃除をするのも面倒くさい」「管理もしにくい」「物を探すのに時間がかかる」など、いいことはひとつもない。それを全部クリアできる人しか、物を持ってはいけないのだ。または物をたくさん持っていることを、心から楽しめる人。私のように踏ん切りが付かず、迷っている人間がいちばん面倒くさいのである。

着物

私の持ち物のなかで、いちばん量が多いのは着物である。着物は着られなくなった洋服のようにゴミ袋にいれて、さよならするわけにはいかない。洋服よりも単価が安い着物であっても、思い入れが強いので、私はおいそれとは手放せない。それでも一部屋を占領しているので、何とかしなくてはと考えていた。

数を減らしたいといったら、

「パソコンを使っているんだから、インターネットオークションに出せば」

といった人もいたが、現物に近いように写真を撮影し、どうやってやるのかわからないが、画像をオークションサイトにアップして、幸いにも買い手がついたら、相手に失礼のないように梱包《こんぽう》して送る。とても私にはできないので、最初からこの選択はなかった。

あるとき雑誌を見ていたら、物を整理する特集があって、そこのグラビアに着物姿で有名な、私よりも年上の女性が紹介されていた。私は昔から彼女の着物姿が大好きで、

「おおっ」

と喜びながら記事を読んでいった。彼女は家を改築して、家の広さを七十五坪から二十二坪に縮小したという。整理整頓《せいとん》が大好きで、いつもぴしっとしていないと気が済まない、きれい好きだというのは、以前、テレビのお宅拝見の番組を見て、まるでモデルハウスのように美しく整えられていたので知っていた。たしか高峰秀子《たかみねひでこ》さんも、晩年、管理できないので、家を小さくし、物を処分したという話を読んだ記憶がある。

「まあ、何と潔くてうらやましいこと」

感心しつつ読み進んでいくと、着物類も番号を振り当て、どこに何番のものがあるかを、ノートにきちんと記しておき、すぐに目当てのものが探せるようにしてあるという。私なんぞあの名古屋帯を締めていこうと思ったら、名古屋帯が積んであるラックの前に立ち、

「たしかこの辺だったな」

と見当をつけて、ぐいっと畳紙《たとうがみ》の隙間に手をつっこんで、引きずり出す。たまたまそれで見つけ出せればいいけれど、そうでなければ上から畳紙をひとつずつ調べて探し出す。以前は間違いなく探し出せたのに、最近一発では探し出せなくなったということは、管理できていないという証拠なのだ。どこに何があるか記しておくには、着用後、毎回、必ずそこに戻していなければならない。私のように一日、汗を飛ばした

後、畳紙に入れて大雑把にラックの隙間につっこんでおくというのでは、一発で探せないのは当たり前なのだ。

「そうか、必ず元に戻すのが必要だよな」

と整理整頓の本に必ず書いてあるフレーズを思い出しながら、それができなかった自分が情けなかった。

反省しつつ記事を読み進むと、作り付けの着物用の浅い引き出しには、四点しか入れないと書いてあった。私はへええと感心しながら、着物を着るのが仕事のプロの方はいったいどのくらいの点数の着物関係のもの、襦袢《じゅばん》、着物、帯、羽織、コートなどを持っているのかなと、写真に写っている引き出しの数を数えてみた。ひとつの引き出しに四点ということは、×四で数がわかる。そして計算した結果、何と私のほうが一・五倍も持っていた。これがわかった瞬間、私はものすごく恥ずかしくなり猛省した。

「着物を着るプロの方でさえ、この数で十分なのに、ただの着物好きのド素人が、数を持っていても何の意味もないではないか」

きりっとしているのに女性らしさも漂う彼女の着物姿はいつも素敵で、私の憧《あこが》れだった。持ち物の枚数とセンスは正比例しないのである。もしかしたらたくさんの選択肢があるから、ピンポイントの選択ができず、反比例してしまう可能性のほうが大かもしれない。この記事で強烈なショックを受けて、私の着物減数計画がはじまったのである。

これまでも着物の整理をしたことは何度かあった。若い頃に買ったものの、これからは着ないであろう着物、帯、羽織を、着物を着たいという若い人たちに、

「練習用に使って」

とさしあげた。その後、いいわけをすれば、当時、小唄《こうた》のお稽古《けいこ》をはじめたもので、お稽古着にできる紬《つむぎ》や木綿は持っていたが、会に出るための柔らか物、いわゆる小紋の類を持っていなかった。それで、柔らか物一式を揃えたということもあって、ちょっと量が増えてしまったのも事実だ。厳密にいえば、私が二十代の頃に、母親が誂《あつら》えてくれた一つ紋の色無地は持っていたが、着付けの練習に使ったものの、着用する機会はなかった。そしてそのまま経年劣化してしまったので着られなくなり、ほどいてタンスの中に入っている。

またご本人も家で着物を着、会社にも着物で通勤し、娘さん二人も着物好きという人にも、ふだん通勤に着られそうな紬、名古屋帯を重点的にもらっていただいた。また最近では、東日本大震災の被災地で、紋付きの着物と襦袢がセットで必要だと聞き、縫い紋付の着物を二枚作っていたので、そのうちの一枚を襦袢をつけ、袋帯も合わせてお送りした。それでもまだ量的に私の手に余っているのだ。

嫁入り道具として着物を誂えると、礼装用、小紋、紬、浴衣《ゆかた》など、ひととおり揃うのだろうが、ただ自分の好み、趣味にまかせて、紬ばかり買っていたので、明らかに偏っていた。そしてあっという間に二竿《さお》ある桐タンスは満杯になった。まずそのなかで浴衣や木綿着物をプラケースに移し、場所を空けたものの、そんなものでは追いつかなくなっていた。

こうなったら帯は独立させたほうがいいだろうと、高さ一メートルほどのエレクターシェルフ二つを購入し、畳紙に包んだものを、一つには名古屋帯、もう一つには夏帯と袋帯と分けて入れていった。これもまもなくぎっちぎちになってしまい、シェルフの上に呉服用の箱が山積みになっている。それが落下してきたなどということはまったくなかったのだが、そのあまり美しくない光景を横目で見ては、

「何とかしなければ、何とかしなければ」

といつも思い、そしてそのうち、それはないことになってしまった。ところがプロよりも無駄に持っている着物、帯の数が判明！

「これをきっかけにしないと、年齢的にも体力的にも、後はないぞ」

きっつく自分にいい渡して、着物を手放す段取りを考えた。

紬好きなので、好き嫌いでより分けていくと、明らかに偏りそうな気配がある。なので全貌《ぜんぼう》がわかるように、まずすべてをチェックしようと、着物ノートを開いた。私

はコーディネートを考えるときに使うため、着物や帯、羽織、コートなどを写真に写してカードケースに入れてある。着物を着る前にこれを出して、大まかな組み合わせを決めるのだが、それとは別にノートもつけている。このノートは、雑誌や本で読んだ、着物を着るときに参考になった文章や、季節ごとにふさわしい柄、素材などが書いてある、覚え書きみたいなものだ。着物は袷《あわせ》の紬、小紋、単衣《ひとえ》の紬、小紋、夏物の紬、小紋。帯、襦袢、羽織、コート。襦袢もそれぞれの季節に準じて分けて記録してある。着物は洋服のように、一枚のワンピースをカジュアルにもフォーマルにも着られるわけではないので、季節によって必要な物がある。そのへんをあらためて点検しようということで、着物を着るシチュエーションをいくつか想定し、手持ちのものがどれにあたるのかを表にしてみた。

横軸は、袷、単衣、夏物。縦軸は、

普段着の室内用

ご近所への外出用

外出用カジュアル

ホテル、料亭用

パーティー用

礼装用

の六種類である。その十八種類に分けた枠をA、B、C……と区分けして、写真の裏にそのアルファベットを書いて分類した。もちろんそのなかでも紬と小紋は分ける。その結果、私の手持ちの和服類は、普段着の外出可のもの、外出用カジュアルの着物がほとんどで、パーティー、礼装用はそれぞれ一枚しかなかった。見るのは好きだけれど、華やかな訪問着を何枚も欲しいとは思わないので、

「あら、足りないわ、買わなくちゃ」

とは思わなかったのは幸いだが、極端に枚数の多い、外出用カジュアル、つまり紬の着物をいったいどうしようかと、途方にくれてしまったのだった。三十枚減らせばなんとかバランスが取れそうなのだが、紬好きの私としては、どれも自分が働いて買ったものなので愛着が深い。手放すのが惜しいのである。

「そんなことといってたら、いつまで経っても片付かないじゃないか」

重々わかっているのだが、一度、整理したので、手元にあるのは気に入ったものばかりなのだ。一枚、一枚に思い出がある。

「うーん」

一旦《いったん》、クールダウンしたほうがいいと、私は着物に関しては、しばらくの間、触らないことにした。

しかし何もしないわけにはいかないので、履物類の整理をした。私が持っているの

は、桐草履を含む下駄類、本革の草履、ラバーソールの草履である。全部で三十足ほどあったのを、カバーつきの雨草履は処分し、真綿入りの柔らか物用の草履が、ピンクとクリームの二色あったので、クリーム色を残し……というふうに、同じタイプのものは一足だけにした。ただしラバーソールの草履は礼装以外は雨の日も履けるので、今回は整理しなかった。

私が草履を整理していると話すと、着物仲間の女性が欲しいといってくださったので、

「不要だったりお気に召さないものがあったら、どうぞ処分してください」

といってお送りした。ほとんど使っていないものばっかりで、彼女がとても喜んでくださったのでほっとした。下駄箱はすっきりしたけれども、小物ではなく大物の数が減らないとどうにもならない。

「いっそ、桐タンスを買っちゃえば」

という人もいたけれど、今でさえこの有様なのに、これから歳を取り、体力もなくなっていくのに、家具を増やすのはいやなので、

「それは絶対にだめ」

ときっぱりいい切った。何でもこのくらいすっぱりできればいいのに、着物の処分には迷いだらけであった。

毎晩、御飯を食べ終わり、ソファに座ってネコを膝《ひざ》にのせながら、着物、帯の在庫カードを何度も見返した。これはいらないなとよけても、

「やっぱり使うかも」

と戻してしまう。入れたり出したりで、嫁に出す候補が決まらない。情けないがその理由は買った金額も関係している。ここでまた、潔くない自分にうんざりした。買った金額がいくらであっても、その着物や帯にその札束がくっついているわけでもないのだから、さっさと手放せばいいのに、それができない。いじましい自分を発見して落ち込むのである。

「そういえば、ときめくものを残せっていう人がいたわね」

と再び写真を見ていくと、みんなそれなりにときめくのである。そんなにあれこれときめくほど、私のまわりがきんきらしていたかしらと、我ながら呆《あき》れた。女性はものを見ると欲しくなり、惜しくなるといった人もいたので、見ないで処分するという人もいる。畳紙《たとうがみ》に包んでいるのでそれは可能だが、とてもできない。どちらにせよ着物や帯に対しては、未練たらたらなのである。

「あの衝撃を思い出せ！」

ただの着物好きのド素人の私が、数を持っていても意味がないと悟った衝撃。墨書きして壁に貼っとかなくちゃだめなほど、私は着物に関しては潔くないのだった。

そしてまたしばらく、着物の整理から離れようと考えないようにした。自分ではクールダウンのつもりだったが、ただの現実逃避だったのかもしれない。何とかしなくてはと日々考えているところへ、実家で母親と同居している弟から電話があった。当時、彼は一人で暮らしていた。二〇〇八年に母親が脳内出血で倒れ、リハビリ病院に入院し、退院後はデイサービスに通っていたのだが、心臓が悪いのがわかって、二週間ほど入院し、再びリハビリ病院に入院していた。弟は母親が家にいないときに、室内の整理をしていて、あまりに母親が物を抱え込んでいるので、うんざりしていた。週に二回のゴミ収集の日だけでは間に合わず、休みの日に車に不要品を積んで、役所まで運んでいた。

「今日は三往復したけれど、まだいっぱいある」

と疲れ果てていた。

母親が不在のときに勝手に処分しているのではなく、明らかに使っていないものを処分し、彼女と相談して不要だと判断したものを捨てても、まだ氷山の一角でしかなかった。冷蔵庫の中の調味料が入った百個の瓶、床下収納庫から出てきた、かっちかちに固まった手作り味噌《みそ》が四樽《たる》。活け花を習っていたので、二十個以上の花器が押し入れから見つかり、どうにもならない小さな端切れが四十五リットルのゴミ袋十個分、ハンドバッグが六十個と、すさまじい数なのだった。

そんな家の中の不要品処理に追われていた弟が、

「やっぱり着物が心配なんだけど」

といった。彼は母の着物は私が買っているのを知っていた。そして以前から、

「全然、着物の手入れをしていないようなので心配だ」

といっていたのだ。私はそういわれても、母は着物が好きだし、それなりにちゃんと手入れをしているだろうと考えていた。しかし弟があまりにいうので、それならばそちらに行って、状態を見るから都合のいい日を指定してくれといっても、いい返事が返ってこない。どうやら私を家に入れたくないようなのである。実家を建てたときから今まで、私は合鍵《あいかぎ》を渡されていないので、私の都合がいいときに実家に行って、自由に中をチェックができない。合鍵はもらえず、家にも入れてもらえず、それでどうやって母親の着物の状態をチェックしろというのかといったら、宅配便で送るという。

「でも、いっぱいあるよ」

弟は淡々という。それならば私が行ったほうが話が早いと再度いってみたのに、その件については無視された。

そしてしばらくして、やっと着物が入る段ボール箱を調達したので、送ると連絡があった。そして連休前のある日の夜、ものすごい量の着物が、私のところに送られて

きたのであった。運んできてくれた顔見知りの宅配便のお兄さんが、助っ人のお兄さんと一緒に夜九時の最終便で来てくれて、

「大丈夫ですか、本当に量が多いんですけれど」

といいながら、二人で運んでくれた。ドラムセットをいれていたのではと思われるような段ボール箱がまずどーんと届いた。

「これと同じ大きさの箱が、あと三個あります」

「ええっ」

その一個だけで靴脱ぎ場からリビングルームに入る間のスペースがふさがった。次に来た一個でトイレとバスルームへの通路がふさがった。そして玄関に二個が積み上げられ、

「大丈夫ですか」

という心配そうな声と共に、お兄さんたちは帰っていった。

量が多いとわかってはいたが、こんなにすごいとは……。この状態ではトイレにも行けないし風呂《ふろ》にも入れないし、身動きがとれない。まず段ボール箱四個を解体しなければと、大型のカッターを手に、箱を開いて中から畳紙を出し、リビングルームに積んでいった。一個を空にしてたたみ、また一個を開いて中身を出してたたむを繰り返し、やっとトイレにも風呂にも入れる状態になったが、リビングルームは足の踏み

場もなくなっていた。ふだん自分が走り回っている部屋がそんなことになり、ネコはびっくりしたのか、ソファの上で目を丸くしていた。

「着物が届いたんだよ。狭くなって悪いね」

そういいながら私は、想像を超えた量にため息をついた。今、母親は着るものというと、自分が編んだものと、ジル・サンダーの話しかしないので、あれだけ大騒ぎをして着物を私に買わせたのに、着る気はない。なのでこれはすべて私の所轄になったのだが、自分の手持ちのものを減らそうと決意したのに、そのうえこんなに家にやってきちゃうとは……。

「はああ」

たいへんだとため息をつきながら、ちょっとうれしくもあった。自分が払ったお金を回収した気分にもなった。

整理は明日《あした》からにしようと、風呂に入ってパジャマに着替え、畳紙の山の中でのんびりしていた。そしてふと傍らにあった畳紙に目がとまり、

「中に何が入っているのかな」

と興味がわいてきて紙を開いた。

「！！！！」

あまりの衝撃に声も出なかった。中に入っていたのは、見覚えのある縹色《はなだいろ》の木綿の

着物だった。そしてそこにはびっしりと白カビが……。びっくりして思わず開いた畳紙を速攻で閉じた。深呼吸をひとつして、もしかしたら柄と見間違ったのかもしれないと、おそるおそる紙を開くと、やっぱりそこにはびっしりと白カビが生えていたのである。

「げえええええ」

ひとつ、ふたつではなく、びっしり。カビ取りに出したとしても、とても取り切れない状態だ。私はそれを見たとたん、

「もしかしたら他にもカビがびっしりの着物や帯があるかもしれない。そんな空気を吸いながら寝るのは嫌だ！」

といてもたってもいられなくなり、あとは寝るばかりだったのに、手にはゴム手袋、口にはマスクをつけ、ゴミ袋を傍らに置いた。ソファの上のネコには、

「近寄るんじゃないよ」

とい渡して、畳紙をチェックしはじめた。ネコはふだんと違う、私の様子に、

「にゃ？　にゃ？」

と小声で聞いてきた。それに、

「おかあちゃん、これからちょっと用事ができたからね」

と宣言し、片っ端から畳紙を広げてチェックした。

すると次から次へと、カビ着物が出てきた。畳紙を開いてすぐにわかるほどカビがひどいものもあったし、

「ああ、これは大丈夫だった」

と胸を撫《な》でおろし、たたんである下の部分をそっと開いたら、そこにびっしりとカビがある場合もあった。すぐにわかる「びっしりカビ」着物は十数枚あり、それは手元のゴミ袋に入れた。

一枚一枚、チェックしていくうちに、私はだんだん腹が立ってきた。母親は口ではあれだけ着物が好きだといっていたくせに、いったいこのざまは何なのだ。私の眠気は完全にふっとび、目がらんらんと光ってきて、

「全部の畳紙《たとうがみ》をチェックし終わるまでは、寝られるもんか」

と徹夜も覚悟した。どの着物も見覚えのある懐かしいものばかりだった。びっしりとカビが生えていたのは、ほとんどが木綿だった。湿気を帯びてぺったんこになっていた形状から想像して、タンスのいちばん下に突っ込まれていたのではないか。値段が安いから適当に扱ってもいいというわけではないが、それらはすべて未着用でしつけがついたままだった。ただ持っているだけで、着る気はなかったのだろう。母親が呉服店に行って、一度に二十反誂《あつら》えたときの着物もカビていた。私も大好きだった洒落《しゃれ》たデザインのろうけつ染めの道行コートも、白や緑色の綿埃《わたぼこり》を柄の上につけたの

ではないかと思えるほど、カビが生えていた。

「ひどすぎる」

怒りと悲しみしかわいてこない。これらの着物には人の手がかかっているのである。反物を作った職人さんや、和裁士さんも自分の手がかかった品物が、こんな状態になったと知ったら、どれだけ悲しいだろうか。

娘に「欲しい」の百連発でねだった百万円単位の着物は、それなりに大事にしているのだろうと、畳紙を開けたとたん、私の期待は裏切られた。

「あれを買ってもらえなければ、死んでも死にきれない」

そういって私に買わせた高価な染結城《ゆうき》に、カビが生えているのを見たとき、母親に対して殺意を抱いたほどである。手入れをしていても、カビがつく場合がある。しかし母親の場合は着物に対しての慈しみなどまったく感じることができず、何としても許せなかった。他にも袷《あわせ》と夏物の訪問着、留袖《とめそで》、単衣《ひとえ》の作家物の紬《つむぎ》の訪問着、手描きの紬など、びっしりまではいかないけれど、すべてカビにやられていた。着物を着た後、ハンガーにかけて汗をとばしていた様子など、みじんも感じられなかった。

いちおう着用後の汗を気にしていたのか、どれも一般的なたたみ方ではなく、後ろ身頃を広げて開いて背縫いを上にする夜着だたみにしていた。それが災いしたのか、汗の湿気がそのまま重なった布の下に通って、背縫いにそって裾《すそ》までカビが生えていた。

「ひどすぎる」

この言葉を何度つぶやいたかわからない。

私はカビあり、なしの二種類に、分類していった。一枚一枚点検しながら、着終わったらハンガーにかけるくらい、すぐに終わるのに、どうしてそんなことすらしなかったのだろうと、怒りは収まらない。

母親はひと月の化粧品代は五万円、エステにも通っているといばっていたが、千円そこそこで買える着物ハンガーは買っていなかった。そして襦袢《じゅばん》を見たら、二十数枚あるうちの単衣用の襦袢一枚、袷用の襦袢一枚だけが、触りたくもないほど、どろどろに汚れていた。きっと時期に合わせて、その二枚を親の敵《かたき》のように着ていたのだろう。

「はあ……」

私はため息しか出てこなくなった。たとえばこの着物カビ事件を他人事《ひとごと》として耳にしたら、

「どうしてちゃんと手入れをしないのかしらねえ」

と呆《あき》れ、他に持っていないわけでもないのに、汚れた襦袢を下に着ている女がいると知ったら、

「それは問題外じゃないの」

というだろう。しかしその女は現実にいて、おまけにそれが母親なのだ。

彼女がこれらの着物を着はじめたのは六十歳になったばかりの頃だったから、ぼけている年齢ではない。ただただ面倒くさかったのだろう。毎月五万円も化粧品代として使っているのなら、そんな高価な物を使っても、骨格から変わるわけでもなし、その一部を着物の手入れにまわせば、こんなことにはならなかった。着物は娘に買わせたので無料。しかし手入れを頼むと自分がお金を払わなくてはならないので、それをケチる。下に着ていて見えない襦袢は、半衿《はんえり》はいちおう取り替えているものの、本体は黒く汚れるまで着倒し、着物は枚数だけはあるので、着たらそのままタンスに突っ込んでほったらかし、そしてまた出かけるときは、別の着物を着るというふうに、次から次へと着っぱなしにしていたのだ。

そしてその蛮行の結果がこのカビである。私が生きてきたなかで、いちばん衝撃を受けたかもしれない。これだけの枚数の着物をカビさせるまで、平気な無神経な人間が母親だったことが、心の底から情けない。親が子供よりもすべて優れているというわけではないし、人として欠点があるのも当然だが、あまりにこれはひどい。もし母親が自分で全部買ったものであっても、この取り扱い方に対しては私は怒る。それがすべて私が買わされたものとなったら、怒りは百万倍、千万倍である。いや、それでも足りないくらいだ。

「きーっ」

私の怒りを察したのか、背後ではネコが、ソファの上から、

「にゃあ？　にゃあ？」

と小声で聞いてきた。時計を見るといつも就寝する時間になっている。普段と違う私の様子に彼女なりに、再び、

「いったいどうしたの？」

と聞きたかったのだろう。

「あのね、しいちゃん、お母ちゃんは今日、これが終わらないと寝られないんだよ！」

そういいながら、いくら点検しても終わらない、畳紙の山の点検を続けた。

着物、襦袢、コート類のチェックを終わり、次は帯である。着物ほどではないが、やはりカビが生えたものが見つかる。また開き仕立ての帯は、胴体に結ぶ部分は二つ折りにして締める必要があるのだが、どういうわけか両端から二つ折りにしたものだから、お太鼓部分の真ん中にくっきりと折り皺《じわ》がついているのがみつかった。これではもう締められない。

「一度締めたのだから、確認すればすぐわかるだろっ」

馬鹿な母親をまた私は叱りつけた。あまりの怒りで目はらんらんと輝き、鼻息も荒くなり、睡魔などどこかにふっとんでしまった。どうぞ次はカビが生えてませんようにと、祈るような気持ちで畳紙を開いた。人間の心というものは、怒りの絶頂の後は祈りへと向かうらしい。そんな哲学的なことを考えながら、私は人間ができていないので、祈りの後にまた怒りがこみ上げてくる、その繰り返しになった。

帯は着物ほどではなかったが、それでもびっしりとカビがあるものが数点見つかった。どれもがとても良い柄行きで、大事に扱っていれば、捨てることもなかったものをと、嘆きながらゴミ袋に入れるしかない。私はだらしがない人間だが、自分が手に入れたものに関しては、きちんとメンテナンスはする。それが物に対する責任だ。私は二年に一度は、桐タンス以外に収納している、たとえばエレクターシェルフに入れてある帯の畳紙を全部取り替えることにしているが、母親の着物を包んでいる畳紙はしみだらけでぼろぼろになっていて、まったく取り替えられた形跡がない。ふつうの神経だと、こんなに汚れた畳紙など見たくないだろうと首を傾げたくなるのだが、きっと母親は、引き出しの中に溜《た》め込んでいるだけで、その畳紙すら目にすることもなかったのだ。着物の手入れが面倒くさかったら、手入れが簡単な洗える着物はいくらでもあるのだから、それを着ればいいわけである。しかし母親は、そのようなものには目もくれず、作家物、一点物を購入し続けた。そして結果はカビだらけ。洗える着物を丁寧にメンテナンスをして、大事に着ている人のほうが、どれだけまっとうかと思う。母親にとっては着物は、外に出て見栄を張るための道具でしかなかったのだ。またしても私は、

「人は自分の分不相応のものは持ってはいけない」

ということを認識したのだった。

時計を見たら深夜の二時だった。私の気配に気圧《けお》されたのか、ネコは寝ないでソファの上でまん丸くなっている。

「もうちょっとで終わるからね」

積んだ畳紙をずらして、移動するための道を作り、私の衝撃の夜はやっと終わった。

「はあぁ」

ため息をつくと、ネコがささっと走り寄ってきて、

「にゃあ」

と鳴きながら、体をすり寄せてきた。

「ごめんね、遅くなっちゃったね。もう寝ようね」

怒りのために寝られないかと思ったら、血行がよくなったのか、ベッドに入ったとたんに爆睡した。

翌朝、いつもどおり、七時前に目が覚めた。意外にも寝起きはすっきりしている。

眠りが深かったらしい。そしてリビングルームに足を踏み入れたとたん、

「あ、そうだったんだ」

と頭を抱えた。いちおうカビあり、なしで分けたものの、夜だったこともあって、見落としがあるかもしれないので、日中、もう一度、広げてチェックする必要があった。カビに気付かずにそのままタンスに入れてしまうのは極力避けたい。しかし仕事もあるので、私は原稿を書くのに飽きると、カビなしの畳紙《たとうがみ》を再チェックした。すると残念なことに、昨夜は気がつかなかったのに、小さなカビが見つかったものが、十点ほどあった。老眼なので明るいところで確認しないと、細かい部分は見落としてしまうのである。

そして再び怒りがこみ上げてくると、それをエネルギーにして、原稿をがーっと書き、疲れるとまた畳紙のチェック。そしてまた怒って原稿を書くのを三日間、続けた。

「ああ、これで終わった」

とリビングルームの隅を見ると、ばかでかい段ボール箱から出した覚えのある、日に焼けた着物を入れる箱が五箱、置いてある。これの中身は何だと開けてみたら、そこには半衿、帯締め、帯揚げが入っていた。これらも一点ずつ点検すると、数十枚の帯揚げのほとんどがカビていた。半衿の変色も激しく、使えそうなものがないので両方とも廃棄。帯締めは本数が少なかったが、触ってみるとどれも何となくねっとりし

ていたので、これも廃棄。ほとんどが使い物にならなかった。そして見落としがないように、それから時間があると、カビなしのはずの畳紙、小物をしつこく点検する日が続いた。

私にとっての怒濤《どとう》の五日間が終わった。あまりにこの間に怒ったせいか、すでに怒りは消えて、淡々とした気持ちになっていた。これからはカビが生えていたものは手入れをしてもらったり、私のサイズに合わせて寸法直しをしてもらって、私の管轄下に入る。

「いったいどうするんだ、この量」

減らそうとしていたのに、自分が持っているのと同じくらい、どかんと増えた。着物仲間にもらっていただくつもりだったのに、まさかいくら手入れをしてきれいな状態になったとはいえ、カビが生えていたものを、お渡しするわけにはいかないので、問題がなかった数少ないもののなかから、選ばなくてはならなくなった。

「ああ、カビさえ生えていなければ」

この柄だったら、あの方に似合いそう、この色はあの方にいいなと思っていた着物に、すべてカビが生えていたので、本当にがっかりした。そんななかで少数ではあるが、そのまま知り合いに着ていただけそうなものがあったので、それはすべて新しい畳紙に入れ替えておいた。

このままでは日々の生活に差し障るので、ほとんどの着物を購入したデパートに電話をして事情を話すと、取りに来てくれるというので、カビが生えたものと、寸法直しをお願いするものを、箱に詰めて渡した。カビがないと思っても、プロが見てカビがあると判明したら、手入れをしてもらわなくてはならない。私は車で取りに来てくれた担当の方に、

「よろしくお願いします」

と頭を下げた。せっかくの着物がこんなことになって、担当の方々にも申し訳なかった。

またもう一軒、お世話になっている呉服店のほうには、デパートで購入した以外の羽織や襦袢《じゅばん》のチェックと直しをお願いした。

うちに入ってきた荷物はいちおう室内からは出ていった。ほぼ元の状態に戻ったものの、もらっていただくための着物はリビングルームに置いてある。私は早速、知り合いに連絡をして事情を説明し、受け取っていただけるようにお願いをした。みなさん快く受け入れてくださったので、インターネットで引っ越し用の着物用長箱を購入してお送りした。これで少しではあるが、減らすことができたので助かった。

後日、伊勢丹《いせたん》のほうから、すべてを点検し終わった旨の電話をもらったので、会食のついでに店舗に出向いて状況を聞いた。

「本当にごめんなさいね。突然、どーんと渡してしまって」

「どうぞお気遣いなく。私もお着物を拝見して懐かしかったです」

担当の方は手書きの表を二枚見せてくれた。そこには箱に詰めて渡した着物類の状態が、一点一点書いてあった。なかには仕立て直しだけのつもりだったのに、カビが見つかったものが何点かあった。

「どうしましょう、といってもやっていただかなくてはいけないんだけど」

表を前に私はため息をついた。無傷と思われた鮫《さめ》小紋にもカビ、訪問する場所もないのに買った訪問着にもスレが見つかり、素人には気付かない事柄がまた出てきた。私はカビ取りをお願いしていたのだが、担当の方が、

「カビ取りをすると、あまりに場所が広がっていて、金銭的なご負担が大きくなってしまいますので、解き洗い張りをしたほうがよろしいかと思います。それで落ちなかった部分をまた特別な手入れでというほうが、ご負担が少ないかと」

といってくださるので、私は、

「ぜひ、ぜひそうしてください」

とお願いした。しかし洗い張りをするということは、もれなく仕立てがついてくるということでもある。

「はい、そうなります」

試算してくれた手入れの総額を見ると、豪勢な訪問着が一枚買えるくらいの値段だった。

(むむう……)

母親はどれだけ私に負担をかければ気が済むのだ。あいつが着物を着捨てるように扱い、放置したあげく、一枚につき、何万もかかるような事態になってしまった。ここで暴れるわけにはいかないので、怒りをぐっと抑え、それでも噴き出すものは抑えきれないので、

「着た後にハンガーにかけるくらいしておけば、こんなことにはならなかったでしょう」

と担当の方に聞くと、

「そうですね、ちょっとここまではならないですねえ」

といわれてしまった。しばらく私は担当の方々に愚痴をいった後、がっくりとして家に帰ってきた。

手入れの方針は決まったので、あとは出来上がってくるのを待つだけであるが、それらをいったいどこに収めたらいいのか。

「ああ、頭が痛い」

私は和室に入って、二竿《さお》のタンスとエレクターシェルフを眺めながら、いつまでも

うなっていた。

手入れを頼んだものは、二枚、三枚と五月雨《さみだれ》状に戻ってくるので、そのときはたいした量だとは感じないけれど、総量でいえば段ボール箱で複数個発送したものが、そのまま戻ってくるということだ。きれいになって家に帰ってくる。それはうれしいけれど、減数作戦はいったいどうなるのだ。

「どうすりゃいいんだ」

桐タンスの引き出しを開け閉めしたり、押し入れのスペースを確認しながら、「どうしたもんか」という言葉しか出てこない。

「この二、三か月で方向性を決めて、何とかしなければ」

そう思っていたのに、夏の猛暑で何もする気にならず、着物の整理は一歩も進まないまま、夏は終わろうとしていた。

洋服

ファッション雑誌を買いはじめ、こんな素敵な服が着たいと憧《あこが》れるようになる思春期、私はデブだった。今は自分が不愉快になることに関して異様に神経を尖《とが》らせている人も多いから、通常はストレートないい方を避け、「ぽっちゃり」とか「ふっくら」と表現されている。「ぽっちゃりさん」「ふっくらさん」などと「さん」がついていることもある。表面上だけかもしれないが、

「いいじゃない、太っていても」

と女性の体形に関して寛容になっている。太め女性のための雑誌まで発売されるような時代にもなった。かつてデブと呼ばれていた私は、お洒落《しゃれ》な洋服も選べるし、デブが恵まれた時代になったものだと、うらやましい限りである。

今でも実態はそうなのかもしれないが、私が十代だった一九七〇年代のはじめは、とにかく「何が何でも痩《や》せてないとだめ」な時代だった。「アンアン」で太めの女性を応援などという特集も組まれたりしていたが、グラビアに出ていた当時人気のあったファッションモデルの女性は、全然太めではなく、顔が丸いだけなのだ。まさに、

だった。身長が百五十センチそこそこで、体重が六十キロだと、はっきりいって着られるお洒落な服など皆無だった。

同じクラスの女の子が、「アンアン」を見てお金を貯めて、人気のある原宿のブティックで服を買おうとしたら、売ってもらえなかったり、露骨にじろじろと頭のてっぺんからつま先まで見られて、結局、

「君には売りたくない」

といわれて、がっかりして帰ってきたという話も聞いた。しかしその子は、太ってもおらず、中肉中背の体形で超美人ではないが顔だって愛嬌《あいきょう》があってかわいらしかった。

「服のイメージに合わないから」

ともいわれたといっていた。たしかにそのブティックの服は、お人形さんが着るような、フリルがたくさんついた、かわいらしいデザインばかりだった。私から見て、彼女もそれなりに似合いそうだったのに、傲慢《ごうまん》な店主兼デザイナーに追い返されたのである。

「あれだけ外見に問題がない子だって追い返されたのに、私なんかが行ったら、殴られるかもしれない」

「何だよー」

とすら思った。とにかくファッションには興味はあったけれど、どうせお洒落なブティックで買おうとしても、入る服なんかないし、デブを再確認させられ、嫌な思いをするだけなので、雑誌を見てため息をつくだけにしていた。本当にあの頃のブティックのオーナーや、店員は傲慢だった。きっと店員の女性は私よりも七歳上くらい、オーナーやデザイナーは十五歳ほど年上だっただろうから、今、その傲慢なじいやばばあはどうしているのかと思う。

高校は私服通学がOKで、標準服という名前の制服らしきものがあり、何かあったらそれを着ればいいので、服は少なくて済んだ。ただ十六、七歳の乙女だった私のお洒落心は満足できなかった。子供の頃は、母親が縫った洋服を喜んで着ていたが、彼女が縫う服はどうも野暮ったい。いちおう彼女は家政科を出ていて、洋服のパターンも起こせるはずなので、

「こういうのは作れないのか」

とアンアンのグラビアに載っている、コム デ ギャルソンやワイズの服を見せると、

「作れるわけないじゃない。作れるくらいなら、専業主婦はやってない」

と拒絶された。しかし通学はともかく、プライベートな時間を裸で過ごすわけにはいかないので、不本意ながらサイズが合うなかで、まあ、よしとするか、と妥協点がすこぶる多い服を着るしかなかった。新しい服を選んだり、着たりするときの昂揚《こうよう》す

る気分はまったくなかった。

なのでTシャツとジーンズがはやったときは、本当にうれしかった。何よりサイズが豊富にあるし、いちばんの流行アイテムだったからだ。ユニセックスという風潮が出てきたので、私のようなサイズ難民は救われたのである。こういう服は収納には困らない。洗ったらたたんでタンスにいれておけばよい。ジーンズは丈夫なので、よほどのジーンズ好きでなければ、五本も六本も持っている必要はない。友だちからは穿《は》いてぶかぶかになったジーンズをもらった。

「これ、あげる」

といわれても嫌ではなく、逆に仲のいい子からもらったのがうれしかった。Tシャツとジーンズがこの世になかったら、いったい私はどうしていたのだろうかと首を傾げたくなるのだった。

友だちのなかにはお洒落な子もいたが、収納で困っているという話は聞いたこともなかった。流行も今ほどめまぐるしくなかったし、たしかに「アンアン」などでは、シーズンごとにブティックの新製品が紹介されていたものの、値段も高いし、ごく普通の高校生には手が出なかった。店主や店員に馬鹿にされる可能性があるのも嫌だし、みんな興味はあるけれど、実際にそんな服を着て、通学してくるのは、家が不動産屋の女の子と、彼女の友だちの、家が喫茶店の女の子の二人くらいだった。あとの女の子は、ごくごく普通の学生といった格好で、学校に通っていた。

大学生になったときも、お金はほとんど本やレコードに使っていたので、服はほとんど買わなかった。Tシャツもジーンズも穴が開くまで着用した。なかにはジーンズは場所にもよるが、穴が開いても穿いている子もいた。耐久性がある衣服は貧乏学生にとってはありがたかった。あまりに母親が縫った服を拒絶するのも悪いかなと、たまにスカートを穿いていくと、男女関係なく顔見知りに驚愕《きょうがく》され、

「はああ」

とわけのわからない反応をされた。当時私は肩くらいの長さの、いわゆるおかっぱだったのだが、スカートを穿くと母親と弟が、

「女装したみたい」

といった。それならば私に似合うスカートを作れと母親にいいたかったが、スカートの製作担当者である彼女にも、限界があったらしい。友だちも、

「似合うね、いいね」

と誰もいわなかった。スカートが似合わなかったのだ。

幼い頃の写真を見ると、何枚かはスカートを穿いている写真はあるが、ほとんどがパンツスタイルだ。女の子と遊ぶよりも、男の子と遊ぶほうが多かったので、スカートだと木登りも戦争ごっこもできなかったからだった。ひらひらしたものも苦手だっ

たし、花柄も女の子らしい色も苦手で、男の子のような服が好きだった。子供の頃からいわゆる女らしいものは苦手で育ち、Tシャツ、ジーンズの流行でより女らしいものからは、遠ざかる結果になった。かわいらしい女の子の服とは縁遠かった私は、繊細な服の取り扱いが根本的に苦手になったのだった。

基本的に女の子、女性の服は形状的にたたんで収納するのには向かない。ギャザーやフリルがついているとそれが型崩れしないようにたたむのが厄介だし、なかには直線裁ちのデザインもあるけれど、女性の服には必ずといっていいほどダーツが入っているので、もともとハンガーにかけるようにできているのではないだろうか。しかし私が学生の頃の生活形態は、まだクローゼットという言葉もなく、洋服ダンスが畳の部屋に置いてあるのが普通で、そこは両親のスーツや、家族全員の冬物のコート、ジャケットなどがいれてあった。あとはタンスにたたんでいれていた。しわになると着る前に必ず、母親がアイロンをかけていた記憶がある。

大学の同級生で、上京した一人暮らしの女の子たちは、洋服ダンスも持っていなかった。よほどお金持ちの子でなければ、引き出し式のタンスひとつくらいしか、家具は持っていなかった。男子の場合、同級生のMくんは所有する衣類のすべてをハンガーにかけて、カーテンレールにかけまくっていた。みんなで彼の部屋に遊びに行くと、Tシャツ、ジーンズ、ワイシャツ、パジャマ、トランクスまで、彼のすべての衣類が見渡せた。そのカーテンレールも金属製ではない。窓の木枠の上部両端に釘《くぎ》が打ってあり、そこに両端のフックでひっかけるようになっている、芯《しん》に針金が入り周囲をビニールでコーティングしてある安価な紐《ひも》みたいなものだった。

彼は洗濯をするとそのまま紐にかけ、ほったらかしにしておく。そしてそこから選んで着替えて学校に行く。また洗ってそこに干すという、干し場と服の収納を兼ね、おまけにカーテンのかわりにもなると、いばっていた。芸術学部だったので、ファッションに命を燃やしている学生もいたが、流行の服を着ているというよりも、手作りだったり、年中、白衣にもんぺとか、高校時代の学生服だったり、デヴィッド・ボウイに傾倒しすぎて、髪の毛をオレンジ色に染めて銀色のつなぎを着ていたりして、個性的で面白かった。こういう服が欲しいという特集はたくさんあったけれど、収納の特集は雑誌で見た覚えがない。よほどお洒落《しやれ》な子は別だが、収納に悩むほどの服をみんな持っていなかったのだろう。

サイズ的な悩みは別にして、量に関して悩んだのは、社会人になってからである。そのときには体重も四十八キロぐらいに減り、まあ既製服が入るような体形にはなっていた。私は大学を卒業する年の正月休みが明けてから就職活動をはじめ、おまけに新聞の求人で探したので、就職に対する準備をしていなかった。もともと就職する気がなかったのを、母親と弟がものすごく感じの悪い目つきで私を見るので、就職するしかなかった。学生のときにはそれなりに自分の個性を出すファッションをし、社会に対して毒づいていた子たちが、みな髪を切り、スーツを着たりしていたのがどうも納得できなかったので、自分で編んだ黒いハイネックのセーターに、黒いパンツに黒いブーツという、就職試験の面接とは思えない格好で行った。それでも合格にしてくれた会社は、懐が深かったと思う。

しかしその会社の社員となり、営業部に配属されたら、そんな忍者みたいな格好で仕事をするわけにはいかない。内勤だったらそれもありだが、外回りなのでそれなりの格好を求められる。まだ女性の仕事上でのパンツスタイルも一般的ではなかったので、仕事ではパンツは穿けない。「女装」といわれてもスカートを穿かなくてはならない毎日がはじまったのだ。母親が穿いていた、私も着られそうなプリント柄のセミフレアのスカートや、無地のワンピースを奪い取り、ニットやシャツブラウスと組み合わせて出勤していた。着慣れない服を着て、満員電車に揺られて、深夜まで仕事をするのは本当にきつかった。女装の我慢も半年が限界だった。

そのときの服は、シャツブラウスはたたんでタンスに、他は離婚して父親が家を出ていったおかげで、隙間ができた洋服ダンスに入れていた。しかしダーツがあるシャツブラウスをタンスにたたんでいれ、次に着るときに出してみると、変なところに皺《しわ》が入っている。脇の縫い目あたりの目立たない場所ならいいのに、どういうわけか背中の真ん中とか、衿《えり》のすぐ下とか、目立つ場所ばかりに皺が寄る。そうなるとアイロンを取り出して、アイロンかけだ。それを見た母親は、背後で、

「ちゃんとたたまないから、そんな手間がかかるのだ」

と小言をいった。またふくらみが創り出された布地を、平たい底のアイロン台でまっすぐにするのは、私にとっては至難の業だった。アイロンかけも下手くそなものだから、かければかけるほど皺が寄るという残念な状況になり、我慢しきれなくなった母親が、

「ああっ、もういいっ。私がやるっ」

と私の手からアイロンを奪い取り、怒りながらアイロンをかけた。見事に皺はすべて消えていた。

「すごい、すごい」

精一杯拍手をして褒めると、

「ふんっ」

と部屋から出ていった。

またそれをタンスにしまうと同じことの繰り返しになるので、ハンガーにかけて鴨居にかけた。これは楽だと、洋服はハンガーにかけるものだと認識した。住んでいた実家はマンションの角部屋だったが、間取りの関係で私の部屋には窓がなかったので、

カーテンレールがない。洋服の無駄な皺とはもう関わり合いたくなかったので、

「他にかけられる場所はないか」

　と自室の中を見渡したら、引っ張って開ける方式の半畳の押し入れの上部、天袋の部分も引っ張る方式で開け閉めできる。そこの取っ手に、ハンガーにかけたブラウスをかけると、部屋の天井に近い場所なので視線も遮らず、いい具合だったので、タンスの中から皺になりそうなシャツやブラウスを出して、ハンガーの下の部分にひっかけて服を下げ、またその服をかけたハンガーの下の部分にまた別の服をかけたハンガーを引っかけるという方式で、四、五枚はかけられた。大学時代のMくんの収納方式の発展的バージョンである。

「これはいいわい」

　と悦に入っていると、それを見た母親は、

「だらしがない！　ほこりもかかるし、ちゃんとタンスの中にしまえ」

　と怒る。私はそこで、引き出しに入れたら、取り出すと皺になっているし、そうなるとアイロンをかけても皺が増えるだけだから、またアイロンをかけてもらうはめになると訴えた。すると彼女は、自分も家事が増えるのが嫌なのか、むっとして黙って出ていった。それから半年間、会社をやめるまでずっと「Mくん式収納発展バージョン」は続いていた。

半年で退職後、無職、アルバイト、再就職、退社を繰り返していたものの、それぞれの職場では特に服装には制約がなかったので、母親から奪い取った服もすべて返し、Tシャツとジーンズ生活に戻った。冬は自分で編んだセーターやカーディガンをその上に着た。木綿、ウールといった自然素材でありながら、アイロンをかけなくていい服は本当に楽だった。でもファッション雑誌は相変わらず買っていて、

「こういう服は素敵だなあ」

とうっとりと眺めていた。自分は着なくても、ファッションや服には興味があったのだ。

しかし細い天袋の取っ手に、ハンガーをぶら下げ続けるのは無理があり、蝶番《ちょうつがい》がこわれて、扉がちぎれそうになったので、泣く泣くその収納法はあきらめざるをえなくなった。そのとき押し入れには、上下段に段ボール箱に詰めた本が入っていて、上段の箱の上に布団を置けるだけのスペースを空けていた。私は、

「もしかしたら底の板が抜けるかも」

と心配しながら、本が詰まった段ボール箱をいくつか天袋に移動し、最後には面倒くさくなって、本をそのまま天袋に突っ込んだ。そして上段の奥のほうに段ボール箱をまとめて、前面にスペースをつくり、上段の天井にタオル掛けを買ってきて取り付けた。そこにシャツブラウスをかけたハンガーをひっかけると、何と簡易洋服ダンス

が出来上がった。もちろん母親には不評だった。押し入れに何も包まずに、服をいれたらダニがつくとか、汚れるとかいっていたが、もともと持っている服が少なく、死蔵品などなく洗ったらすぐに着るので、ほこりで汚れる暇がなかった。

そして一人暮らしをはじめたときも、その方式を利用して、タンスには肌着やパジャマ、布団や枕などのカバー類を入れ、押し入れにはつっぱり棒を購入して、簡易洋服ダンスにしていた。しかし固定できるタオル掛けではなく、つっぱっているだけだったから、週に一度は必ず落下した。つっぱり棒も進化してきて、壁と密着する面が広くなったり、工夫がされたりしたけれど、必ず落下した。また余りに力をいれると、内部のベニヤ板を突き破りそうだったので、

「落下もやむをえず」

と我慢していた。五枚までは大丈夫だが、六枚、七枚となると落下する。五枚しかかけられないのでは意味がないので、壁との接着面をガムテープで固定したりした。それその後、押し入れが簡易洋服ダンスになるような便利グッズが発売されたので、それを買って使ったりもした。場所ふさぎになる洋服ダンスはずっと購入しなかった。

四十八平米のマンションに引っ越したときには、居室が二部屋になったので、布団生活はやめてベッドを購入し、ベッドルームに置く、ショップに置いてあるような、ステンレス製の洋服ラックも購入し、服はみんなそこにかけておいた。すでに着物も

増殖していたので、和室には桐タンスを買って置いた。この頃から物が増え、収納という問題が出てきた。それは私の収入が増えてきた頃でもあった。それまで住んでいたのは、家賃が七万円程度だったが、税金の相談に行くと、

「家で仕事をしているのだから、もう少し家賃が高くてもいいのでは」

とアドバイスをされたりもした。なのでそのマンションの家賃は一気に三倍ちょっとになった。廊下もあり、キッチンと居室が分けられるのもけじめがついてよかったが、物の整理、収納という面ではよくなかった。といっても問題があるのは私なので、部屋のせいではない。それでも今よりはきちんと片付いていた。ラックには布をかけてほこりよけにし、服も買っていたが、あふれるわけでもなく、カーテンレールにかけたりもしなかった。着物も帯も和装小物もまだ桐タンス一竿《さお》に収納できる量だった。

そのマンションに一年八か月住んだ頃、今のマンションの隣室の友だちから、

「隣が空いたから引っ越してきたら」

と誘われ、ちょうど更新と重なったし、低層マンションに引っ越したかったので、これ幸いと喜んで転居した。しかしここに引っ越してきてからが、物があふれるようになってしまった。これまでそれなりに片付けができてちゃんと暮らせていたのに、広くなったのにどうして片付かなくなったのかと、悲しくもなってくる。

その理由は何度も述べているように、私が物を買ったからである。今のマンション

はベランダが広く、そこも含めると前のマンションの二倍の広さになった。私とネコ一匹には広すぎる部屋である。なのに片付かない。３ＬＤＫのうち本置き場にも幅百三十センチのクローゼットは作り付けであるが、そこはのちに述べるが、使えなくなったレーザーディスク、ビデオデッキ、買い替えたノートパソコン、スキャナ、金だらい等がいれてあり、物置として使っている。ベッドルームのクローゼットは服専用、和室の押し入れにはプラケースの引き出しに入った和装用品等が入っている。クローゼットがあるので、以前使っていたステンレスの洋服ラックは処分した。

この頃に着ていたのは、コム デ ギャルソンだった。隣室の友だちが高校生の頃からギャルソンを着ていて、私が、

「着たいのだけど、似合うだろうか」

と話したら、

「あーら、平気よ。一緒に買いに行こう」

と誘ってくれて、気後れして足を踏み入れられなかった店内に連れていってくれたのだった。細くてぴっちぴちだったり、腕がきつきつになる服もあったが、私でも着られるような服もあった。私が似合いそうなデザインのものを何着も持ってきてくれて、コーディネートも考えてくれた。体に合うように丈のお直しもアドバイスしてくれて、当時の私は値段も見ずに買っていた。

年上の方との会食には、ちょっとくだけすぎかなと思うときは、ジル・サンダーを着た。母親は私のお金で、パンツスーツばかりを購入していたが、短足の私はスカートを購入していた。冬のコートも、シンプルな黒、パンツでもスカートでも着られる、ブルーのハーフコート、昭和のお母さんがお出かけに着ていたような、ツイードのコートの三着である。特にこのツイードのコートは、母親が狙っていたので、

「絶対、あげない」

と死守していた。私の人生でいちばん洋服にお金を遣っていた時期だった。買った服はどんどんハンガーにかけていった。あっという間にクローゼットはいっぱいになった。

それだけでは間に合わないので、ハンガーをひっかけられる場所はないかと、室内を探し回った。クローゼットは折りたたみ式の扉になっているのだが、扉を開けっ放しにすれば、扉の上部にハンガーを引っかけられるのがわかり、クローゼットの中の服にはカバーをかけ、扉は全開でそこにハンガーをかけた。またしてもMくん式収納発展バージョン炸裂《さくれつ》である。ひとつのハンガーに、ふたつのハンガーをかける。そのふたつのハンガーにまたふたつずつハンガーをかけるという方式で、

「大丈夫かな、大丈夫かな」

とひやひやしながら、かけていった。

ジル・サンダーは素材、仕立てとも良く、長く着られるけれど、ギャルソンの服のなかには、デザイン優先で静電気が起きまくりで着づらいものがあったり、手洗いもクリーニングもだめという素材で、汚れたらいったいどうするんだといいたくなる服もあり、長く着ているものもあったが、比較的回転が早かった。しかし服はクローゼットからあふれまくっていた。服は鈴なりになっていたが、服にはすべてカバーをかけていたので、ほこりで汚れる心配はない。扉にかけた最初のハンガーを見ると、引っかけるところが重さでのびきってしまい、丸形の曲線を描いていた部分が、ほんの少しのカギ状の部分でひっかかっている。それを見ると心配になり、いちばん上のハンガーだけ新しいものに交換し、

「これでしばらく安心」

と胸をなで下ろしていた。しかしハンガーによっては耐久性に差があり、仕事をしていると、

「どすっ」

と鈍い音がする。いったい何事かと音がした部屋に入ってみると、鈴なりになっていた服が全部床に落ちていた。そうなると、

「あーあ」

と舌打ちをして、両手にハンガーにかかった服を持って、室内をうろうろする始末

だった。やはりこれだけでは収まらないとわかり、家具店のオリジナルのチェストを二竿買った。

大きさは幅百センチ、奥行き四十五センチ、高さ八十四センチ。いちばん上は小物入れ用の引き出しが二つ、その下は三段の引き出しになっている。ここにはニットなど、たたんでも差し障りのない衣類を入れていたが、先日、整理して、そのほとんどの引き出しが、襦袢《じゅばん》でいっぱいになっている。

ネコを拾って飼うようになってからは、未着用のままハンガーにかけておいたワンピース二着に、ネコがとびかかって爪を立て、そのまま一気に降りて、両方とも破れてだめになった経験から、クローゼットの外には、一切、服をかけるのはやめにした。そこで組み合わせがきく服を残して、ちょうどそのときに、古着を受け入れてくれるバザーを知ったので箱につめて送り、クローゼットにおさまるだけの枚数を残した。送った服は一度、あるいはまったく着ておらず、ショップで、

「あら、素敵」

と購入しても、家に帰ってそれを着て鏡の前に立つと、

「あれっ?」

と首を傾げた。それでもいちおう購入したので、もったいないから、いつかは、「あれっ?」という日がこなくなるのではないかと期待したが、いつまでたっても、

いつ着てみても、

「あれっ？」

のままだった。

黒の短い丈の上着で前身頃はシンプルだが、後ろ身頃が三段のフリルになっているもの、自分の顔の造作が見事に負ける、ショッキングピンクのカシミヤのセーターなど、なんで買ったのか、自分の判断能力を疑うばかりである。そういう服は迷わずバザー行きである。こういった服を気に入ってくれる人は少ないかもと案じながら、いちおう袖《そで》は通していない新古品であるということだけを取り柄に、

「誰か喜んで着てくれる人のところに行ってくれればいいな」

といつも考えていた。

購入する着物の量が増えていった時期でもあり、両方を抱えるのは自分の性格上、無理だとわかりはじめていた。数はあるのに着る物がないと悩んではいるが、洋服に関しては収納がないと悩んだことはない。鈴なりの服を見て他人は、

「あんた、収納が不足しているよ」

といいたくなっただろうが、私の考えとしては、服が床にあるとか、無造作にそこいらへんに積んであるというのが、収納が不足している状態であり、鈴なりでも服が宙でおさまっているのは、収納が不足しているとは思わなかった。

肌着類や普段着のTシャツなどを洗濯すると、取り込んで洗濯籠《かご》に入れておく。いちおう外に出しておいても見苦しくない、蔓《つる》を編んだ手作りの洗濯物用の籠である。面倒くさいときはしかるべき場所にしまわずに、洗濯籠の中から順番に取りだして着用していた。

「これなら引き出しはいらないな」

と思ったりもしたのだが、こんな男子学生が下宿でやっているような方法は、やめるべきだったと反省している。

それから着物の比重が大きくなり、また似合う洋服がいったい何なのかわからなくなってきたこともあって、洋服はシーズンごとに購入するのではなく、損失補塡《ほてん》をするのにとどめるようになった。一着が着用不能になって、必要と判断したら新しいものを買う。そうでなければ買わない。普段着はほとんど通販で買うし、何が流行しているかには興味はあるけれど、それは自分が着るということとは別問題になったのだ。

それと最近はファストファッションではなくても明らかに服の品質が落ち、クリーニングに出すと明らかに劣化が激しいので、興味を失った。クリーニング代を出しても、来年また着るのかといわれると、うーんとうなるしかない。流行もめまぐるしく変わるので、そこそこの値段で買える服を、とっかえひっかえしてくれたほうが、企業も儲《もう》かる。きちんと丁寧に仕立てられた服を少数持ち、直しつつ着るという時代ではなくなったのだ。そういった服をと探してみても私が望むような質も仕立てもいい服は価格が高く、おまけにこれから五年も十年も着られるようなデザインでもない。それならば着物のほうが、はるかに安上がりだったのだ。

なので、ますます服は減っていった。「婦人之友」という雑誌の、持ち数調べという特集記事を見て、持っている服の数を数えてみた。肌着、パジャマ、喪服を除いた数は、六十枚だった。知り合いに、何枚服を持っているかと聞いたことはないので、これが多いのか少ないのかわからない。実は六十枚になったのは、きっかけになる事柄があったからだった。

意を決してやらなければと考えていたのが、二〇〇八年の六月に突然母親が倒れ、夏場は病院と家を往復する日々が続き、ほっと一息ついて十一月になったら、私の体調が悪くなった。代謝を助けるリンパマッサージと、体に溜《た》まった水を抜くための、胃を温める漢方薬のおかげで、体調も戻り、溜まった水も抜けたのか、八キロ瘦《や》せたので、サイズの合わない服を未練なく処分できた。着物を買っていると洋服には豪勢に予算が割けないので、気に入った服を何年も着続けていたのだけれど、ウエストがゆるゆるになったスカートは捨て、デザインや着心地は気に入っていたので、ワンサイズ下の大きさのものを購入した。トップスもサイズが合わなくなったものは全部捨てた。私がバザーや古着募集に出す個人的な基準にしているのは、買って一度も着なかった新古品か、一度だけ洗ったものに限っているし、直しに出せば着られる服があるかと思ったが、どれも長年着ていたので、お金をかけて直す価値も見いだせなかった。なので一気に処分できたのである。

それから一枚買ったら、二枚処分するようにしている。先日も私の体形にはボリュームがありすぎる木綿のコートを捨て、今のところ損失補塡はしていないので、現在の洋服の総数は五十枚ほどだ。洋服に関しては、肌着や靴下も含めて、ベッドルームに作り付けの、幅百三十センチのクローゼットひとつに収まるだけにしている。次に引っ越す部屋は、今よりも狭いところを望んでいるので、こちらもまた見直す必要が出てくるだろうが、今のところは数に関しては問題はない。できればもっと減らして、クローゼットの半分くらいにしたいと考えている。

NHKで放送されていた、「ティム・ガンのファッションチェック」では、女性の服の基本はこれらの十のアイテムだといっていた。

○ベーシックな黒のワンピース
○トレンチコート
○ドレスパンツ
○スカート
○ジャケット

○クラシックな白いシャツ
○ワンピース
○場を選ばないトップス
○ジーンズ
○リラックスウェア（ただし洗練されたもの）

これらにアクセサリーやスカーフで変化をつける。日本には曖昧《あいまい》になったとはいえ、四季もあるから単純にこの十点だけでいいとはいえないかもしれないが、これだけで済んだら、どんなにすっきりするだろう。収納の悩みなんか出るわけもない。テレビの放送では太めの女性も、部分的に体形にコンプレックスがある女性も、数少ないアイテムでもとても素敵になっていた。若い女性はいろいろな服を着たいから、ここまではできないだろうが、私のような年齢になったら、これも必要かもしれない。これらを探すための時間的余裕も必要だし、ある程度の出費も必要だけれど、年齢を考えると、本気で考えるべきなのかもしれないと、思いはじめている。

紙

　仕事柄、紙類が溜《た》まりやすい。捨てても捨てても溜まる。子供がいる家だと、学校のプリントなどが溜まりやすいのかもしれないが、会社に勤めている独身者だと、ほとんど家での書類の整理には頭を悩ませなくても済んでいるのではないだろうか。

私も会社に勤めているときは、部屋の本の整理には頭を悩ませたが、書類に関しては悩んだ記憶がない。だいたい家に入ってくる書類がなかったからである。手元にやって来る書類といえば、毎月の給与明細や電気、ガス、水道の検針票。あとは年に一度の国民年金、健康保険等の納税通知書くらいのもので、B5の封筒に十分入るくらいの分量しかなかった。

　ところがフリーランスになったら、書類だらけである。それもすぐに捨てられない書類ばかりなのだ。税理士さんに経理をお願いしていなかった当初は、まだパソコンが一般的に使われていない時代だったので、出版社からの支払い明細書はすべて保管し、経費になる領収書もすべて取っておいて、自分で帳簿を書き、何かあったときにすぐに税務署に提出できるようにしておかなくてはならなかった。一年間の領収書をノートに貼り付けたファイルと、確定申告書は数年分は保管しておく必要があったので、本棚の隅に納税関係のファイルを入れておいた。

その後、大変不愉快な税務調査が入り、それからは税理士さんにお願いするようになった。自分で帳簿をつける必要はなくなったけれど、毎月、領収書のファイルを作るのと、出版社からの支払い明細書を取っておくのは同じである。それを二か月分まとめて税理士さんに渡す。税金の申告の基になるものなので、これだけはやらなくてはいけない。そして一年分の申告が終わると、出版社の支払い明細書のコピーと、申告書の控えが送られてくる。その量はクリアファイル一つにおさまるくらいなのだが、税理士さんの事務所も無限大に収納があるわけではないので、保管されていた三年分の領収書のファイル、税理士さんが作成してくれた総勘定元帳のバインダーが、定期的にどどっと送り返されてくる。

最初はそのバインダーを送られてきた段ボール箱のまま、仕事場に放置していた。また次が届くとその上に積んでいた。その後、仕事場を別にするのをやめて、自宅で仕事をするようにしたときに、その段ボール箱もそのまま持ってきた。放置していても私の仕事上は何の問題もなかったため、限りなく無視していたら段ボール四箱、十二年分が溜まってしまい、膨大な量になったのがわかって、途方にくれてしまったのだった。

すでに廃棄していい期限切れの書類なので、処分しようとしたが、帳簿、バインダーの紙は、簡単に破れないように、丈夫にできているのが仇《あだ》になった。総勘定元帳には、すべてのページに私のペンネームが入っていて、このまま捨てるのもちょっといやだったので、ページをすべて取り外し、名前がわかる部分を中に折り込んで、燃えるゴミとして捨てようとしたが、さすがに十二年分の帳簿と、領収書の山を処分するのは大変で、一度では終わらず、時間が空くと、

「今日はこの年の一月から四月まで」

と決めて、ちまちま捨てた。全部捨て終わったときは、安堵《あんど》のため息しか出なかった。

それからは溜め込まないように、税理士さんから戻ってきたら、以前に送られてきた分は必ず処分するようにした。そうしないと後が大変なのが身にしみたのである。

その他、出版社との出版契約書もある。出版点数が少ないうちはいいのだが、長いこと仕事をしていると、大昔の契約書が出てきたりする。本置き場を整理していたら、本棚の隅っこから、片っ端から契約書を突っ込んでいた大きな書類袋が二つ、よれよれになって出てきた。書名を見て、

「ああ、懐かしい」

などと感慨にふけっていたのだが、そんなことをしていても片付かないので、いい

のか悪いのかわからないけれど、ここ六年以内のものを残してみな捨てた。今はサイクルが早まっているが、だいたい単行本から文庫になるのに三年かかるからだ。もし、

「なんで捨てちゃったんですか」

と叱られたら、誠意をこめて、

「ごめんね」

といえば、何とかなるだろうと考えたのだった。

その結果、特別、問題は起こっていない。片付けの本のなかに、「書類は全捨て」とあったような気がするが、会社の書類が全捨てできないように、個人事業主もちっこい会社と同じで、減らせるかもしれないけれど、どうしても捨てられない書類はある。ただ放置しておくと、どんどん増えていくのも事実なのだ。

電気、ガス、水道などの検針票、電話料金の請求書などは、一年間の光熱費確認のため、金額を手帳に書き写してから、シュレッダーばさみでカットして捨てる。自分の意思ではなく、外から家に入ってくるＤＭ、ポスティングされたチラシ、通販カタログなどもすぐに捨てる。その日のうちにやるのが癖になっているので、これらの紙類は溜まらない。郵便物の量も多いので、同じように到着した日にすべてを処理しないと、毎日溜まっていくので、ＤＭなどは不要なものはすぐに捨てる。また使用済み切手を集めて寄付しているので、切手が貼ってあった場合は、そこをカットしてから

捨てる。料金別納になっていると、がっかりする。いただいた手紙は読んで、切手が貼ってあればそこをカットして、箱にまとめていれておく。そして五年ほど経ったら、まとめて処分させていただいている。ずっと持っていたいのだが、そうもいかないので、申し訳ないけれどそうしている。ただ二度と会うことができない、亡くなられた方々のものは手元に残しているけれど。

手書きで原稿を書いていたときは、連載がまとまって本になると、担当編集者からその原稿が返却されていた。昔は返したり返さなかったりだったのが、あるときから必ず著者に返却するシステムになったようだ。しかしあっという間に、私の書く道具はワープロ、パソコンと変化したため、私には手書きの生原稿が存在しなくなった。ちなみにこれまで戻ってきた手書き原稿は、すべて捨てている。正直いって戻ってきた原稿の束を見て、「売れるかな」と、ちょこっと考えたことはある。しかしすぐに、「こんなもの、他の方の役に立つ訳がない」と見限った。本になってしまえばとっておく必要がない。鰹節《かつおぶし》はだしを取った後も、ふりかけにできて役に立つが、生原稿は何の役にも立たない。それを手元に残しておいて、テンションがあがるのならいいけれど、私の場合は、鬱陶《うっとう》しいだけなので、本よりも未練なくぽいぽい捨てられた。過去の自分を捨てているようで気分がよかった。他の作家の方々の生原稿を見ると、

「おおっ」

と感激して、いつまでも見ていたい気がしてくるが、自分のことになると、どうでもよくなってくる。場所ふさぎになるし、重いし、早く家から出ていってくれたほうが、精神的に楽だった。

税金関係は取っておいたほうがいいのかもしれないし、住民税、予定納税の振替済みのお知らせは、いちおうそのハガキには取っておけと書いてあるけれど、迷わずすぐに捨てている。ただずいぶん前だが、税金を払っていたのに、未払いだと督促状が届いたので、びっくりして区役所に連絡したら、むこうのミスだった。職員が役所のだが、仕事を適当にやっている場合も多々あるし、またあったら困るなあと思ったりするの引き落とされた通帳を見せれば証明になるだろうと、捨てるようにした。銀行通帳も、五年間はとっておくが、それを過ぎたら細かくカットして捨てている。支払い関係で取ってあるのは、国民年金の支払い済みの証明書くらいだろうか。今のところそれで問題はない。

電気製品の取扱説明書も以前は全部取っておいて、大きな封筒にいれていたけれど、そこから取り出して見た記憶がないので、二年前に全部捨てた。インターネットで検索すれば、メーカーのサイトでいくらでも見られるし、複雑な操作をする機器も買わないので、捨てても全然、問題ないのがわかった。ただデジカメの操作は私が持っている機器のなかでいちばん複雑で、いつも、

「どうやるんだっけ」

と迷ってしまう。本体が小さいから仕方がないのだが、取説自体も小さいし、当然、中の文字も小さい。老眼にはとてもきついのである。また今年は私が着ている服の画像をイラストで描いてもらう連載をしているので、画像がより鮮明になるようにと、新しくコンパクトデジタルカメラを買ったら、またこれが小さくて、撮影するときに手から取り落としそうになるし、説明書も相変わらず読みにくい。撮影はなんとかできるものの、画像を消去する方法をすぐ忘れてしまう。前のデジカメはとてもわかりやすかったのに、同じメーカーのラインのものでも、微妙に操作が違うのだ。あっちこっちを押しては、急にレンズが音をたててとび出してきたり、いろいろな文字が画面に出てきたりと、あたふたするばかりだ。メーカーのサイトで取説の文字は拡大できるものの、一日中、パソコンのスイッチをいれているわけではないので、これだけのために起動させるのも面倒くさい。早く取説がなくても、自分がやりたい、ひととおりの操作はできるようにしないといけない。私にはデジカメの取説はとりあえず必要だけど、若い人は全部捨てても大丈夫だと思う。

外からやってくる書類は、こまめに処分しているので、溜《た》まってはいないが、いちばん問題なのは自分が作ってしまう書類である。私は文房具が好きなので、文具専門店に行くと目移りしてしまう。万年筆などの筆記具も好きなのだが、そこまで見てしまうと節操がなくなるので、なるべく見ないようにして、ふだんの自分の生活で消費できる分野のものを見ていく。ペン関係や鉛筆、ノートは必ず使うので、ついついあれこれ買ってしまう。ノートも丸善のノートがとても使いやすく、書き下ろしのプロットを書いておいたり、読んだ本の内容を書き写したり、出費などのメモがわりなどに重宝していたら、残念ながら製造されなくなってしまった。店員さんに聞いたら、紙質などがいちばん似ているのがツバメノートだと教えてくれたので、五冊、まとめ買いした。

そして家に帰って本置き場を片付けていたら、隅っこから未使用のB5ノートが十冊出てきた。これはうちの近所の文具店が閉店セールをしたときに、激安になっていたので買ってしまったものだった。すっかり忘れていた。

「あるじゃないか」

と自分を責めたものの、そのノートは明らかに店の古い在庫品であり、使い勝手もツバメノートと全然違うので、忘れ去っていたノートを使う気がなくなった。紙類に関しては何も書かれていないものはもちろん、片面が白くても捨てられない。しかしよく見たら、すでにノートの周囲が日に焼けていて微妙に変色している。これではバザーに出すのも躊躇《ちゅうちょ》するし、もったいないから捨てられないし、どうしようかと考えた。

私は仕事のときに、思いついたこと、ラジオを聞いたり、テレビを見たり、インターネットで得た情報などを、メモ用紙に片っ端から書き留めておく癖がある。期限のある振り込みなど、絶対に忘れてはいけない事柄は、壁につるした洗濯ばさみに挟んでおいて、いつでも目につくようにしている。緊急性はないが必要であろうメモは、テーブルの上に置いたままなので、食卓兼仕事机の上は、メモ用紙だらけなのである。ノートとしては使わないけれど、メモは毎日、何枚も消費するので、早速、ノートを解体して上をクリップでとめて、B5サイズのメモ用紙にした。実は途中まで使ったものの、使いきれなかったノートのページを破って、メモ用紙にしたものが、結構、溜まっている。また知人が毎年、年末に「ねこめくり」という、ネコの写真の日めくりカレンダーをくれる。その裏がメモ用紙として使えるように、横に罫線《けいせん》がひいてある。となると毎年、三百六十五枚のメモ用紙が増える計算になる。その他、自家製メモが増えるので、ふと気がつくとそこここにメモがある。ノートをばらしてメモにしようとしたときは、軽く消費できると考えていたのに、実はそうではない。どうしよう、もったいなくて捨てられないしと悩んでいるとき、食卓の上に飛び乗ってきたネコが、ノートを解体して作ったメモ用紙の上に、毛玉を吐いてくれると、ほっとして汚れた分が捨てられる。ノートも使う分だけ一冊買えばいいのに、店員さんも親切に応対してくれたし、値段が安いし、あっても腐らず必ず使うという気持ち（実は錯覚）が働いて、じわじわと溜まっていくのだった。

　また本を作るとき、初校は編集者に必ず戻すけれども、再校ゲラの場合は校正者からの疑問程度で、チェックするべき箇所が初校に比べてとても少なくなる。疑問のあるページだけをファクスで送ってくれる場合もあるし、再校ゲラ全部を宅配便で送ってくれることもある。訂正、加筆する箇所を伝えれば、その再校ゲラは用済みだ。

「再校ゲラのご返却は不要です」

といわれるのがほとんどで、Ｂ４サイズの九十枚ほどの裏の白い紙が私の目の前に残る。とてもこのまま捨てる気にもならず、しかしメモにするには、在庫がだぶついているし、どうしようかと考えた結果、プリンタの用紙として再利用している。ふだんはコピー用紙と共用で使えるＡ４五百枚入りの包みを使っている。他人様《ひとさま》に差し上げる書類は片面印刷だが、原稿をプリントアウトして推敲《すいこう》するときには、一度使った紙をもう一度セットして、両面使っている。Ｂ４をＡ４にカットするためには、厚紙をＡ４サイズにカットして、それをガイドにして鉛筆で印をつけ、はさみで切り取る。多少両脇がゆがんでいても、機械に取り込まれる部分が水平であれば、まったく問題なく使えている。せこいとは思いながら、返却不要の再校ゲラが送られてくると、

「また、プリンタ用紙が増えた」

とちょっとうれしい。

なるべく紙を無駄にしないようにと気をつけている日々だが、B5の紙はメモ用紙でだぶついているものの、裏紙を使った再利用プリンタ用紙や共用紙はどんどん消費されていく。なぜかというと、私があれやこれやと何でもプリントアウトするからである。仕事に使うだけなら、消費するのはプリンタの黒インクだけでよさそうなものなのに、青、赤、黄もあっという間になくなるのだ。

私は毎日、インターネットで好きなサイトを見ていて、そのほとんどが動物関係である。私は老後の楽しみに、かわいい動物画像を集めて、アルバムにまとめている。なのでかわいいネコやイヌ、その他の動物画像を見ると、いちおう画像も保存するけれど、プリントアウトして残しておきたくなる。かわいい動物を見ると自制がきかなくなるので、とにかくプリントアウトする。恐ろしいのはかわいい画像は永遠に芋づる式に出てくるから、

「これまで！」

とクリックするのをやめないと、一日中、プリントアウトし続けなくてはならなくなる。

動物画像だけではなく、素敵に着物を着ている方々の画像をブログなどで見ても、プリントアウトせずにはいられない。他にも半幅帯の結び方のバリエーション、外国の編み物の無料パターンなど、世界には親切な人が多いので、様々な情報を公開して

くれている。それを画像として残しておけば、紙やインクの消費も減るのに、画像が劣化しても私は画像が印刷された紙を手にしないと気持ちが悪い。本では読めないフリーランスライターの文章や、青空文庫の収録作品も、ダウンロードで画面上で読むのではなく、必ずプリントアウトして紙を手で持って読みたいのだ。

　こんな有様では、プリント用紙はいくらあっても足りない。紙の両面を使ったり、五百枚の結構な量の紙を買っているのに、あっという間になくなる。インクなどこの前取り替えたのに、もうなくなったのかと驚くほどだ。これもまた書名は忘れたが、所有物を整理する本に、

「何でもかんでもプリントアウトするな」

と書いてあった。まさに私に対していわれているかのようだった。なかにはプリントできないように制限をかけているサイトもあって、そんなときはがっかりする。

「悪いことはしないんだから、これくらい印刷させてよ」

といいたくなる。基本的に私は紙を手元に置いておくのが好きなのだろう。

　紙に執着がない人は、画像そのものをどんどんダウンロードして、手元には何も残さない。見たいときにはファイルを探せばいいだけの話である。しかし私は私にとっては有用な、何十枚ものプリントアウトした紙を、ひと目でわかるように、項目別にクリアファイルに入れている。ファイリングは、一つのファイルには一項目だけ入れ

るのが基本らしいので、それを守っていると、ネコちゃんファイル、ワンちゃんファイル、鳥ちゃんファイル、その他の生き物ファイル、帯結びファイル、着物ファイル、着姿ファイル、小唄《こうた》、三味線ファイル、簡単洋裁ファイル、和裁ファイル、日本料理、精進料理、タイ料理、イタリア料理、簡単料理のファイルなど、あまりに数が多くなりすぎて、いざ探そうとすると探せなくなってしまった。何をやっているのか自分でもわからない。

問題なのは見つからないとき、またそのサイトにアクセスすれば、またプリントアウトできる点である。探すよりもまたアクセスすればいいと、安易にプリントしてしまう。そしてたまに気合いを入れて周辺を整理すると、同じ半幅帯の結び方をプリントアウトしたものが、何セットも出てくる始末だった。いつでもそこにあると思って、プリントアウトしないでいると、次にアクセスしたときにサイトが閉鎖されていたりした経験もしたので、見てピンときたらすぐプリントアウトを習慣にしていたのが、仇《あだ》となった。最近はぐっと堪えて、

「これはプリントアウトするべきか否か」

をしつこーく考えて、やめることも多くなった。辛抱できるようになったのである。

いつまでもこれではいけないと、自分で作ってしまった印刷物も整理しなければと、かわいい画像は捨てないけれど、編む予定のない海外の編み物パターンや、手持ちの

本に似たような結び方が書いてあった着付け関係のプリントは捨てた。捨てたもののほうが五倍あった。情けない限りである。紙類は自分の仕事に不可欠なものなので、数が多くても許されると、自分に甘くなっていたような気がする。

　画像がインターネット上にあるのに、それをまた保存して溜《た》め込んでいる私は、二重の無駄をしているとわかっている。その話をパソコンに強い人に、

「どうしても紙に印刷しないと、気が済まなくて。パソコンの中に全部置いていれば、すっきりするんでしょうけど」

　といったら、彼女は首を横に振って、

「そんなことないわよ」

　という。私からすると、パソコン内のファイルを使っている人は、きちんと整理整《せい》頓《とん》ができていると想像していたのに、実はそうでもないらしい。

　簡単にダウンロードはできるし、保存するのも簡単なので、何も考えずにやっていると、どんどんファイルが増えてしまい、そのうち、どのファイルに何が入っているか、全然わからなくなってしまうのだそうだ。

「あまりにファイルが多くなっちゃって、本当はひとつひとつ内容を調べればいいんだろうけれど、それすら面倒になっちゃって。とにかく収納できる量が違うでしょ。チェックするのも大変なのよ」

彼女がいうには、プリントアウトしたものだと、手元にあって分量が把握できるけれども、パソコン内にあるものは、分量がわかりにくく、必要だと思って保存したのに、結局はどこに何があるのかわからなくなって、ネタもとのサイトにアクセスするのは同じなのだといっていた。結局、だらしがない人間は、どんなツールを使っても、本人がちゃんとしない限り、整理整頓はできない。

「保存するときに、きちんとファイルに名前をつけて、整理、分類すればいいんだけどねえ。後でやろうと思っていると、これがだめなんだよね」

プリントアウトすると、現実に紙の量がどんどん増えていくので、何とかしなくちゃと自分でも思うが、もし自分が必要だと感じた情報を全部パソコン内に取り込んでいたとしたら、すべて放置になってしまっただろう。

「どこに何があるかわからないから、いっそのこと、全部、捨ててしまおうと考えたこともあったんだけど、仕事がらみのものすごく大事な書類がどこかのファイルに紛れ込んでいるんじゃないかと思いはじめたら、恐ろしくてできないのよ」

私が、

「それは重要書類のファイルを作って、タイトルをつけてそこに入れておけばよかったんじゃないの」

といったら、

「そうなんだよね。でもやらなかったんだよね。適当にばんばん保存しまくって、それでわからなくなった」

と暗い顔をしていた。

世の中の誰かが持っている情報ならばいいけれど、世界で自分しか持っていないデータは絶対に紛失できない。私の仕事でいえば、まだ編集者に渡していない、書き上げたばかりの原稿を失うようなものである。それはとても恐ろしい。プリントアウトでも、パソコンでのデータ保存でも、そのつどきちんと処理しておくのが必要なのだ。両面印刷をしたとしても、紙の無駄にもなるし、何でもプリントアウトするのはやめようと考えていた。しかしやはりどうしても必要な情報はある。私の性格では、目の前に紙が増えていくアナログなプリントアウトのほうが、自分のだらしなさを目の当たりにできるし、根性をたたき直すためにはいいと思う。動物画像のように精神的な喜びをもたらしてくれるのは別にして、せっかく情報を得ても、それが活用できなければ意味がない。情報を得、活用して捨てる。そしてまた得る、活用する、捨てる。このサイクルを守れば同じ情報をいくつも抱え込んだり、どこに何があるかわからなくなるほど、ファイルが増えたりはしない。とにかく面倒くさがらずに「すぐにやる」。言葉や文章では簡単だが、実際にできるかというと、ちょっと不安である。私としてはなるべくそうできるように努力する所存であるとしかいえないのである。

キッチン

キッチンの収納問題は、一人暮らしをしてからはじまった。実家の台所を思い出すと、幅六十センチ、高さ百八十センチほどの、ごくごく普通サイズの食器棚ひとつに、家族のすべての食器が収まっていた。鍋《なべ》類も流しの下の物入れにすべて収まっていて、コンロの上や調理台に物が置いてあることはなかった。私が子供の頃から、台所が雑然としていた記憶はないし、私が二十歳のときに両親が離婚してから、母親は調理師として働いていたので、職場での習慣もあって台所はきちんと片付けていたのだと思う。

私が最初に一人暮らしをはじめたのは、1DKのごく普通のモルタルアパートの一階だった。台所は三畳という話だったが、小型の冷蔵庫を置くとすでにいっぱいで、そこにテーブルと椅子を置いて、御飯を食べるようなスペースなどまったくなかった。流しの下にもコンロ台の下にも収納場所はなかった。食器棚は居室の六畳のほうに置いて、食器だけではなく、乾物などの冷蔵しない食品をいれていた。しかし鍋類を洗って、わざわざ畳敷きの部屋に持っていくのも、ちょっと違うかなと思い、台所の壁に当時はやっていた、物がひっかけられるボードを購入して、そこに小鍋などをひっかけた。

食器は自分が今まで使っていた、藍色《あいいろ》の染め付けの茶碗《ちゃわん》と、木製の味噌汁《みそしる》用のお椀《わん》を持ってきた。気分を一新したいので、箸《はし》や皿は会社の帰りに店に立ち寄り、あれこれ買うのが楽しみになっていた。シンプルなものが好みで、花柄などにはまったく興味がなかったけれど、似たような雰囲気の柄ばかりになっても、自分のお金で食器を買い揃えるのはとても楽しかった。自分で作るのが和食ばかりなので、買っていたのも和食器ばかりだった。

一人暮らしをしたら、玄米食を試してみたかったので、まず圧力鍋を購入した。当時は輸入品の圧力鍋などほとんど目にすることはなく、玄米食をしている人が使っている国産の鍋を買った。しかし取っ手が小豆色と紫色の中間みたいな微妙な色で、色彩感覚的には、うーんという感じだったのだが、そのあたりには目をつぶった。片手鍋形のいちばん容量が少ないものでも、当時でも一万円くらいした。家賃の四分の一を占める高額品だったが、これがないと玄米が食べられないので、えいっと購入したのである。朝と晩は、圧力鍋で小豆を入れた玄米小豆御飯を炊いて、おいしいおいしいと食べていた。

他には万能といわれていた中華鍋、味噌汁を作る小鍋を持っていた。当時は洋書、洋雑誌も読んでいて、そこでアルミニウムがアルツハイマーに関係しているのではという記事を読んでいたので、小鍋もアルミではなくステンレスの鍋を使っていた。鍋類は分不相応のいい値段のものを使っていたと思う。また母親が包丁にうるさく、私が一人暮らしをはじめたら、

「これから自炊をするのだろうから、名前が入った包丁セットをプレゼントしてあげようか」

といっていたけれど断った。板前修業に出るわけでもないし、出刃やら菜切りやら、用途別に揃っている包丁セットをもらっても、絶対に使いこなせないと思ったからである。包丁はデパートの店員さんに、

「あら、一人暮らしの人にはもったいない」

といわれつつ三徳包丁の値段のいいものを購入し、まな板もプラスチックではなく、しっかりした木製のものを買った。

作るものは、玄米小豆御飯、味噌汁、野菜のおかずにたまに魚という、質素なものなので、買い揃えた鍋で十分だった。ただし設置してあったコンロが一口で、時間を見て鍋をのせたり降ろしたりするのが大変だったので、引っ越した年の冬のボーナスで、二口ガスコンロを買って、

「これで効率がよくなる」

とほっとした。

別に誰かを呼ぶわけでもないので、一人分の食器しかなかった。ところが実家で暮らしている友だちは、一人暮らしにとても興味を持っているので、

「遊びに行く」

という。そうなるとあわてて、来客用の湯飲みやら菓子皿になりそうな小皿やらを買った。友だちは小さな台所を見て、

「見せる収納ね」

といったが、そんな洒落《しゃれ》たものではなく、壁につるすしか置き場がなかっただけである。調理道具も最初は菜箸とおたまくらいしかなく、卵焼きを作ったときに、菜箸でひっくり返すのに難儀して、

「やっぱりフライ返しはあったほうがいいかも」

と買った。何を買うのもひとつずつ、必要と感じたら買っていたのだ。

このような状況だったので、台所から物があふれることはなかった。友だちを呼んで騒ぐということもなかったし、自分一人でひっそりと御飯を作り、ひっそりと食べていた。基本的にパン食ではないので、オーブントースターも持っていなかった。

次に引っ越した大家さんの離れは、収納棚が壁の中に組み込まれている作りだったので、食器棚は処分していった。作り付けの食器棚には、大家さんの趣味で柄入りの

磨《す》りガラスがはまっていた。そのレトロな雰囲気に合うように、ガラスの醤油《しょうゆ》さしを買ったら、アリが大挙して押し寄せてきて、びっくりした。スペース的には十分だったので、新しく台所用品を買うことも捨てることもなく引っ越した。どこもかしこもすかすかで、食器を増やそうという気持ちもなく、私の関心は本ばかりで、そちらのほうにはなかったのだ。

いちばん変化したのは、四十八平米のマンションに住んでいたときだった。周囲に古道具店やアンティークショップが集まっている地域だったため、散歩に出たついでに店をのぞくと、そここに私の好みの器がある。マンションにいちばん近い店には、若い作家の陶器を扱う店があり、そこでは土物、青磁などの大皿を買った。こちらの店には古伊万里《いまり》や染め付けの洒落た器がたくさんあり、あちらの店にはガラス食器、十五分ほど歩くと、古物と作家物の食器が並んでいるといった具合で、散歩に出るたびに、気に入ったものを買っていた。ここに住んでいたときには、食器の量が増えに増えた。

またそれまでパンには興味がなかったのだが、自動パン焼き器が売り出されたこともあって、添加物が入っていないパンを自宅で作ろうと購入し、しばらくの間、パン焼き器にはまっていた。全粒粉の粉を溶いてセットし、スイッチをいれて仕事をしていると、パンの焼けるいい匂いが部屋中に漂ってくる。とても幸せなひとときだった。

しかし唯一の難点は焼き上がった半斤の食パンが、ぽこっと型からスムーズにはずれるのではなく、底にパン種を攪拌《かくはん》するためのスクリューみたいな金具がついているので、はずすときにその部分にぎざぎざの大きな穴がぼっこりと開き、外見がとても見苦しくなることだった。そのうち無添加、天然酵母のパンを扱う店が増えてきて、わざわざ作る必要もないと、自動パン焼き器は捨てた。マンションの一階には、いつでもゴミが捨てられる専用の集積所があったので、これにはとても助けられた。

当時は海外にもよく行っていたので、旅先で記念に食器類を買ったりもした。またマンションが駅から一、二分の場所にあって、人が集まりやすかったので、旅行仲間の友だちもよく遊びに来た。総勢八人になっても、十分なくらいの食器があった。冬場には鍋もよくやったので、カセットコンロなども買った。電子レンジ嫌いの私は、料理は昔からの基本に忠実に作らなければと考えていたので、陶製のすり鉢にすりこぎなども買いそろえた。以前に比べて、食器もキッチン用品も増えていったけれど、すべてが作り付けの食器棚におさまっていたので、物が外に出ていることはなかった。

中野にある「モノ・モノ」という工業デザイナーの秋岡芳夫《あきおかよしお》さんの店で、禅僧が使う応量器という、入れ子式の漆塗りの器を知り、購入した。客用のものはともかく、自分のものはなるべくコンパクトにしたいと考えたのだ。木を切り出して作られた木目が美しい高価なお盆も、気合いで買った。買ってしばらくは、油をつけた布で磨いてくださいといわれていたので、毎日、布で拭《ふ》き続けていた。

日常の食事は応量器を使っていたが、それに近所の店で購入した古い皿などを組み合わせると、漆と染め付けの器が並ぶ、和風の食卓ができあがった。また友だちと松本に遊びに行って、彼女のなじみの店に前々から欲しかった箱膳《ぜん》があり、大喜びで購入した。ますます和の雰囲気が高まり、私は御飯を食べるたびに、悦に入っていたのである。

今のマンションに引っ越すときに、中華鍋《なべ》を使うような炒《いた》め物はほとんどしなくなったので処分した。うちのキッチンはアイランド式ではなく、シンクや調理台などが独立しているタイプである。もちろん換気扇はあるが、窓がないので閉鎖的な空間になっている。またどういうわけか調理中に換気扇を使うと、弱火にしたコンロの火が消えてしまうので、夏も冬もドアを開け放って調理している。しかし夏場は換気扇が使えないのはとても辛く、熱中症になるのを避けるため、キッチンとリビングをこまめに往復しつつ、調理をしなくてはならない。菜箸を手にリビングからじーっと鍋の様子をうかがい、タイミングを逃さないように鍋に近づき、またリビングに逃れるという、何とも情けない光景が繰り広げられるのである。

アイランド式は丸見えになるので、いつもきれいに整えていなくてはいけないが、うちのようなキッチンだと、コンロが多少汚れていても、散らかっていても、ドアを閉めれば見えなくなるので、そのへんも私の気持ちを緩ませている原因かもしれない。いや部屋の間取りのせいではなく、すべての原因は私の気の緩みからと、思わなくてはいけないのであろう。

当初は仕事部屋を近くに借りていたし、前の住まいに集まっていた人たちも結婚したりと、それぞれの環境も変わってきたので、この部屋には人が大勢集まる機会もなかろうと、箱膳、お盆、大皿と二度と手に入らない古い食器以外は、ここに引っ越してしばらくたってから処分した。すでに玄米食はやめていて、圧力鍋は煮物をするときに使っていたが、ずっと家にいるし、少量しか作らないので、ふつうに鍋で煮炊きしても問題ないと処分した。陶製のすり鉢も人が来るので家族用の大きなものを買ってしまい、それで一人分をすっても、ほとんどが溝に入り込んでしまって掃除が大変なので、こちらも処分。ふつうに燃えないゴミの日に出し、応量器は母親が欲しいといって持っていった。

できるだけリビングルームには、生活感のあるものは置きたくなかったので、食器棚は購入せずに、シンクの上下にある物入れの中に収めるため、食器は減らした。またシンクの上の吊《つ》り戸棚に食器を置くと、万が一、地震があったときに頭上から皿が落ちてくるのがこわいので、すべて調理台下の引き出しにしまうようにした。幅四十五センチ、奥行き四十八センチの引き出しが四段あって、いちばん上には調理用具、二番目が食器類、三番目がキッチンで使うタオル、ふきん類。いちばん下のやや深い四段目には、ゴミ袋などの袋類を入れている。

キッチンには百五十リットルの冷蔵庫、コンセントと五段の引き出しがある小さなレンジ台、幅五十五センチ、高さ百二十センチ、奥行き二十五センチのステンレス製の棚があり、レンジ台のほうには乾物や粉類、食品をいれる密閉式の袋、ラップ類を入れ、棚のほうには下から、瓶詰め、ネコ缶、精米器、米びつ、オーブントースターを置いている。実はコンロの横にスペースがあり、そこにデロンギのコンベクションオーブンが置いてある。オーブントースターもあるので、二つはいらないのではないかといつも考えているのだが、それぞれに長所があり、ずっとそのままになっている。

台所用品は次々に新しい便利グッズ、アイディア商品が発売される。しかしぐっとこらえて量を増やすのはやめにした。とにかく毎回、一人分の食器、調理道具を洗って、しまうだけでも面倒くさいのに、便利だからといって、今以上に洗わなくてはならない物を増やす気はなかった。ただ料理番組で、フードプロセッサーで、がーっと粉砕しているのを見て、これは便利かもと思って買ったら、たしかに一瞬で微塵《みじん》になるので楽だったが、その後、本体を洗うのがやっぱり面倒だった。刃物があるので指を切らないように神経を使わなくてはならないし、場所もふさぐので、半年ほどで処分してしまった。

その次に購入したのが、ハンディーブレンダーである。鍋の中に突っ込んで使え、洗うのも水の中にいれてスイッチを入れるだけ。これはいいと購入したものの、ほとんど使う機会もなく処分。そしてまた何年かして、もう一度使ってみようと購入。これを使って料理を作ろうと、あれこれ妄想するのだが、一人分となるとそれを取り出してコンセントにつなぎ、使って洗うということすら面倒くさくなってくる。この頃から「面倒くさい」病が顕著になってきた。結局は飲んでいた青汁を攪拌するときしか使っていなかった。大さじ一杯を、密閉できるコップ式の容器にいれて、シェイクすればいいのに、わざわざブレンダーを取り出して、がーっと回していた。少しでも使おうと考えたのであるが、考えてみればそっちのほうが、ずっと面倒くさかった。使いこなせる人には便利な器具でも、そうではない私のような人間は、シンプルに自力を使ったほうがいいのだ。

その後、青汁を飲むのもやめてしまい、私の食生活では今後もブレンダーの使い道はなさそうなので、再び処分した。こんなに何度も買い直して、結局は処分したものは他にはなかった。ブレンダーに申し訳ない。すり鉢は一人分のお椀《わん》サイズのものを見つけ、内側にはすり鉢状の溝が彫られているのだが、外見が小鉢風の磁器なのでそのままテーブルにおいても見た目が悪くない。青菜のごまよごしのときは、これでごまをすっておいて青菜を入れ、器がわりに使っている。その手間も省きたいときは、気に入っている市販のすりごまを使ったりもするのだが。

包丁は一人暮らしをはじめたときに購入した三徳包丁を疑わずにずっと使っていたが、どうも小回りがきかないので、どうしたものかと考えていた。私は手が小さいので、まず手になじむ包丁のほうが使い勝手がいいかもしれないと、ペティナイフを使ってみたら、これが使いやすいのなんの。それ以来、調理のときに使っているのは、ペティナイフだけだ。若い頃は平気だったけど、力もなくなってきて、カボチャを切るときに、ペティナイフでは難しくなってきたし、野菜料理が多いので菜切り包丁も買ってはみたが、やはり私の手に余って出番がとても少ない。その話を主婦の友だちにしたら、

「カボチャは電子レンジに入れてからカットすると、柔らかくなるから切りやすいのよ」

と教えてくれたが、うちには電子レンジがないので、その技は使えない。カボチャは食べたいし、いったいどうしたものかと悩んでいたら、隣町のスーパーマーケットで、カットしたカボチャを売ってくれるようになったので、それを買っている。高齢化社会になっていくと、高齢者に便利なように、これからも売り場の品揃えも変わってくる可能性がある。それによって必要になる調理道具も変わってくるだろう。まな板がなくてもハサミ一本と電子レンジがあれば、料理が作れると若い人が豪語するの

もわかる気がする。

私が今持っている包丁は、ふだんに使っているペティナイフ、出番がほとんどなくなった菜切り包丁、それと冷凍したパンをカットするための包丁の三本である。パンも一週間に一度、食べるか食べないかなので、パン用の包丁も出番はほとんどないのだ。処分しようとすれば、菜切りとパン切りはできるかもしれないが、まだ踏ん切りがつかずに、シンク下の扉の裏にある、包丁ホルダーに差したままである。

シンクまわりで使うのは、手を洗う洗剤と皿を洗う洗剤のボトル。手洗い用はミヨシのキッチンハンドソープ、洗剤はエコベールの食器洗い用のカモミールタイプを二分の一から三分の一に薄め、無印良品の泡が出るボトルに詰め替えている。他には野菜洗い用の小さなタワシ、食器を洗うスポンジ、シンクを洗うクロス等である。ボトルは同じサイズで形も揃えたので、出しておいても見苦しくないのだが、ずっと悩み続けているのは、スポンジである。スポンジラックはいくらでも売っているのだが、どのラックもうちのシンクに固定できたためしがない。

吸盤をシンクの壁に押しつけて、ラック自体は問題なく装着できる。しかしそこにスポンジだのボトルだのを置くと、しばらくすると、

「ドンッ」

と音がして落下する。何度やり直しても、力いっぱい吸盤を押しつけても落下する

のである。ボトルだって大きな物を置いているわけではなく、ごくごく普通のサイズのものを置いているのにである。

「ボトルはいい。スポンジだけ受け止めてくれれば」

とスポンジをラックにそっと置いたら、それでも落ちた。きっとこのラックがだめなのだと、他のものを買って取り付けると、本体は問題なくシンクにくっついている。しかし肝心のスポンジを置くと必ず落ちる。当日落ちなくても、三日後には落ちるのである。

テレビで料理自慢の奥さんたちが自宅のキッチンで料理を披露したりすることがあるが、スポンジラックはちゃんとシンクにくっついて、その役目を果たしている。私は料理ではなく、スポンジラックにどうしても目がいってしまうのだ。

「どうしてうちだけ、落下するのだろうか」と不思議でたまらない。

シンク周辺にいろいろな物が出ていると掃除がしにくいので、スポンジについてはラックを使うのをあきらめ、何に使うのかわからないが、四角い二個セットになったプラスチックの容れ物を見つけたので、その中にいれている。内側の容れ物の底に水が切れるように、スリットが開いているので、水分は外側の器に落ちるしくみである。皿を洗い終わるとスポンジはその器にいれて、シンクを洗ったクロスは干しておく。しかし梅雨時の湿気の多い時期は、カビをはやしているのではないかと、ちょっとどきどきする。食器洗いのスポンジの収納のいい方法があったら、本当に知りたい。

よくシンクに装着する、排水口のところに黒い放射状の切れ込みが入ったゴムがはめてあるが、私はあれが嫌いなので、引っ越した当初についていたものは、はずしたまま吊り戸棚の隅に置いたままである。掃除をするものはひとつでも少なくしたい。備え付けの底が深いゴミ受けは、あまりにゴミが溜《た》まりすぎるので、百均で底の浅いゴミ受けを買ってきて、ゴミ受けのネットをかぶせて、そのまま使っている。そしてひと月使ったら、ゴミ受けは捨ててしまう。毎日、晩御飯を食べた後に食器を洗い、ネットごとゴミを捨て、ざっとゴミ受けを洗えば匂いもしない。消毒をする効果のある、タブレットなども発売されているが、一度、使ってみたら咳《せき》が止まらなくなってしまったので、それ以来、そのようなものを使うのはやめて、ひたすらドメスティックな方法で掃除をしている。

シンク下にはスポンジ、洗剤、ゴム手袋、クロス、レジ袋などをいれている。ただ高さがあるので、こういう細かい物を整理するには、どうしたらいいのかと頭を悩ませるが、扉を閉めると何も見えなくなるので、空き箱の中に、それぞれ種類別に入れて置いてあるだけだ。空間のほとんどが無駄になっているので、シンク下の整理棚を買えば、もっと収納力が増すのは間違いないけれど、ここで物を増やすと処分するときに面倒なので、空間があっても収納量は増やさず、これでよしと、ぐっとこらえている。

どれくらい食器を持てばいいかは、人それぞれ違うだろうが、住人プラス二人分が目安と本か雑誌で読んだことがある。一人暮らしならば三人分である。箸《はし》などはいただきものもあったりするので、数は多くなるけれど、スプーン、フォーク、ナイフ、いわゆるカトラリーは、すべて三本ずつに減らした。ティースプーンは柄の部分に柄があったりなかったりするものが七本も八本もあったのに驚いたり、フルーツカクテルを食べるものなのか、ものすごく細いフォークがあったり、

「いったい何十年前から持ってるんだ」

といいたくなるような代物もあった。ステンレス製なので、よほどではない限り、とことん使えてしまうのである。しかし気分を変えてみようと、三本に減らしたカトラリーも処分し、「カイ・ボイスン」のものに買い替えた。やはりフォルムが美しいので、持っていてもうれしくなる。若い頃は欲しくても買えなかったので、というか買おうと思えば買えたのかもしれないが、欲しい物の優先順位のいちばんが本だったので、

「この程度でいいか」

というものを次々に買って溜まっていったのだ。でもこれからは、ひんぱんに買い替えることもないだろうし、ずっとこれらを使い続けるだろう。

そしてついこの間、しばらく食器類の整理をしていなかったので、調理台の引き出しをひとつずつ出して整理した。箸やカトラリーは、フェアトレードを扱うネットショップで購入した、長さ二十七センチ、幅九センチ、高さ五センチの籠《かご》を四個並べ、その中にカットした手ぬぐいを敷いて入れている。それをぐいと奥に押し込むと、手前に少しスペースが空くので、フライ返しやスパチュラ、菜箸、調理バサミ、缶切りなどを入れていた。ついでに買ったものの使う予定のない、また使ったこともない箸置きがごろごろと転がっていた。どれもかわいいのだが、お茶は出すけれど、食事は出さないと決めたので、自分の使う分だけあればいいので、三個だけ選んであとは捨てた。スパチュラも同じ大きさのものが三本あったのを一本にした。計量スプーンもどういうわけか、プラスチックやステンレスなど、三セット出てきた。菜箸も一般的に袋に二、三膳《ぜん》入って売られているものは、いまひとつ使い勝手が悪く、いくら使用後に水分を拭《ふ》いていても、湿気が多い昨今の気候では、カビやすい気がする。調理道具としてきちんと作られた調理箸を使うようにした。九百円ほどだけれど、すぐに変形してとっかえひっかえしなければならない菜箸よりは、愛《め》でられるのではないかと考えている。

現在、調理道具として使っているのは、御飯を炊くための土鍋《どなべ》、シラルガン加工の直径二十センチのフライパン、ビタクラフトの直径十四センチで高さ五センチ、八センチの小鍋二つ、和漢薬を煎《せん》じるときに使う、ダンスクのバターウォーマーの五種類のみである。シラルガンのポットは御飯も炊けるので、最近までやかんがわりに使っていたのだが、結局、御飯は買い替えた土鍋で炊いているし、お湯を沸かすのは小鍋で十分なので処分した。それまでやかんやポットなどは使っていなかったのだから、それで足りているはずなのに、ちょっと使ってみようかなと邪心が働くと物が増える。なければないで何とかなっていたのを、ふと忘れてしまうのが私のいけないところである。

いちばん困るのが食器である。私は小皿が好きなので、古い手描きのものはもちろん、プリントのものも処分できない。二十年ほど前に購入した御飯茶碗《ごはんぢゃわん》は、ずっと使い続けているし、いちおう和食器のスタイルは完結していた。しかしあらためて見て、ちょっと暗い感じの現代物の染め付け皿は、二枚捨てた。北欧のアラビアの食器も好きで買っていたし、友だちもプレゼントしてくれるので、じわりじわりと増えている。最初はムーミンのカップとか、ボウルを使っていたのが、皿も買うようになった。そうなると別の雰囲気の柄、無地の色皿も欲しくなり、今は五、六枚の皿があるが、これ以上は自粛しなくてはいけないだろう。やはり夏場はガラスの食器を使いたいので、皿のみコスタボダのウラシリーズのSサイズが二枚あるけれど、その他は一アイテム一個ずつ、自分の分だけ買うようにしている。

手ふきタオルは近所のスーパーマーケットのプライベートブランドの安いもので、毎日使って何か月か使い、汚れたら全部まとめてカットして、掃除のときの使い捨て布にする。ディッシュクロスも素敵なものが多く、友だちがフランス製のゴージャスなものをプレゼントしてくれて、

「こんなきれいなディッシュクロスがあるのか」

と感激して、一時ははまりそうになった。ただそういうクロスは汚れもつきにくくて丈夫なので、だめになったら買おうと思っても、買う機会がない。それを曲げて買ってしまうと、収拾がつかなくなるので、じっと我慢である。北欧柄のかわいいクロスもいただいたので、それも使っている。ネコの食器を拭くふきんもある。すべて一週間分七枚ずつ、問題なく引き出し内に収納できている。ビニール袋も問題ない。キッチン用品はそれなりに収納内におさまっている。

以前は清潔第一で、キッチンで使う道具はただの道具であったが、いつからかカラフルになり、デザインも様々で、外国からの輸入品も多くなってきた。さすがに本場のものはよく作られていて、クロス類はよく作られているなと感心する。私が子供のときにあったのは、「ふきん」と染め抜いてある、晒《さら》し素材のシンプルなふきんのみである。少しでも台所仕事を楽しむために、素敵だと思える道具があると、テンションも上がるだろう。しかしその品数があまりにも多い。あれもこれもと目移りしてい

ると、際限がない。またあまりに品質がよすぎて劣化せず、買い替えができないのも、ちょっと悲しい。

食事を作るのは毎日のことなので、気が緩むとどっと品物が増えがちになる。よく鍋を何十個も持っている人がいてびっくりするけれど、きっとそういう人は、ただ持っておきたいというのではなく、使うつもりで買うのだ。しかしいつも使うのは同じ鍋で、多くの鍋はそのまま積まれてシンク下に鎮座している。クロス類を買う人もいるだろうし、ランチョンマット、エプロンに興味がある人もいるだろう。もし私も料理が好きだったら、そうなってしまったかもしれない。しかし料理は作るが、基本的には苦手なので、そちらのほうにはいかなかったのが幸いである。今のところはすべて引き出し、棚に収まっているので問題はない。できればもっと物は減らしたいので、次はレンジ台と、オーブントースターかオーブンか、二つのうちどちらかを処分するのが目標なのである。

AV関係

ビデオ、DVD、ブルーレイなど、AV関係の収納の問題が出てきたのは、つい最近のような気がする。

ビートルズが一九六六年に来日したとき、家にあったオープンリールのテープレコーダーのマイクを、テレビに近づけて音を録ろうとしたのを思い出す。何とか彼らのライブの音を残そうとしたのだが、あいにく両親が夫婦喧嘩《げんか》をはじめてしまい、録音の結果はさんざんなものになってしまった。当時私は小学校六年生で、音はともかく家庭で気軽に画像が録画できる時代が来るなんて、想像もしていなかった。

その後もビデオはテレビ局で使っているという話は知っていたけれど、それが世間にVHS、β《ベータ》の録画テープという形で広がるとは想像していなかった。当時、VHSが主流だったが、ウィンドウズとマックみたいに、

「絶対、おれはβ派」

という強い支持者がいて、男性が多かった。テレビで放送されている番組が、何でも録画できるなんてと、私は大喜びして自分の好きな番組を録画しまくった。

一九八〇年代は、洋楽アーティストのプロモーション・ビデオ（PV）が注目された時期でもあり、一九八四年からTBSテレビで放送されていた、「ザ・ポッパーズMTV」にどっぷりのめりこみ、ふつうは一二〇分テープを三倍速で録画して、三六〇分録画できるのだが、私はそうすることで画像が劣化するのがいやで、いちばん値段が高いテープを購入して放送三回分、一二〇分で一本のビデオテープを使っていた。すでにCDも一部発売されていたような気がするが、私としては小型のコンポーネントステレオと、録画した好きなアーティストのPVがあれば、CDプレーヤーを買う必要はないだろうと考えていた。

当時はまだ会社に勤めていて、それを知った後輩の男性から、

「三倍速でとらないのは無駄ですよ。何十年か経ったら資料的価値が出てくるかもしれないですけどね」

といわれ、それもそうだなと納得はしたのだが、一、二年はひと月に二本を消費していていて、一年で二十四本、二年で四十八本。大きさが統一されているので、本棚に置いていても見苦しくはないのだが、単行本くらいの厚さがあるので、本のスペースをだんだん浸食してくるようになった。再生して、

「やっぱりロバート・パーマーはかっこいいわ」

とうっとりしているものの、そのうちどのビデオに何が録画されているか、わから

なくなってきた。最初は背にラベルをきちんと貼り、内容も全部書いておいたのに、だんだんなおざりになっていった。そして画像にこだわったのも忘れ、三倍速で録画するようになり、三年後、番組が終わったときはとても残念だったが、その一方でこれでビデオテープが増えることはないと、ちょっとほっとしたのだった。

子供がいる知人宅では、写真ではなくビデオで成長記録を残すようになっていた。みんなまだビデオ撮影というものに慣れておらず、ビデオカメラを向けられると、写真と同じように、直立不動になってしまうのが、笑いのネタになっていた。ビデオカメラは高価で大きく、ビデオテープはカセット式になっていて、それをかついで子供の運動会に行かなくてはならないお父さんは、へとへとになったという話を聞いた。そして子供が映った大事なビデオテープが増えまくり、親たちは収納に頭を悩ましているとも聞いたのだった。

それに比べれば独身の私が持っているビデオテープの数は微々たるものだったかもしれないが、いくら増えてもそれを処分しなければとは考えなかった。どんな番組のビデオでも発売されるような時代ではなかったし、セルビデオの値段も高かったので、録画したテレビ番組や、映画は大事なものだったのだ。

今まで経験したこともなかった、好きな映像を録画して家で再生できるのがうれしくて、それを減らすとか捨てるなどという感覚は皆無だった。

しかしテレビで放送される映画は、必ずカットされていて、全部は放送されなかった。とても少なかったが、そうでない場合は、わざわざノーカットと断っているほどだった。全編を見たいとなったら、映画館を探すか、レンタルビデオ店にあれば、それを借りるしかない。よっぽど何度も見たい作品であれば、セルビデオを購入したけれど、当時はよくレンタルビデオのお世話になっていた。レンタルはテープが増えないからいいのだが、映画を見ていて、濃厚なラブシーンや、女性の裸体や水着姿が登場すると、よく画像が荒れた。そこだけ重点的に何度も巻き戻して見ている人がいるとわかって、面白くもあった。また店のほうもきちんと手入れはしていたはずだが、テープを手にするとねっとりしていて、ちょっと気持ちが悪いなと感じたことはあった。

あれだけ毎週楽しみにPVを録画していたのに、そのうち興味が薄れて、ポリスのPVのテープの上に、お笑い番組を録画して消したりもした。テープが問題なのは、カセットテープと同じで、何度も再生していると、何かの拍子にからまったり、画像が乱れるようになることだった。その後、レーザーディスクが登場してきて、手持ちの小津《おづ》安二郎《やすじろう》のセルビデオは、レーザーディスクになっていないもの以外は全部買い替えた。大きさはLPレコードくらいで、それよりも重い銀色の円盤だった。録画機能はないので、レーザーディスクプレーヤーを購入しても、ビデオデッキと両方をテレビに接続していた。このとき欲しいものは迷わず何でも買っていた。バブル時代は外で遊んでいる人も多かったが、私はただひたすら、室内の楽しみに没頭していたのである。

レーザーディスクはビデオテープに比べて画像がとてもきれいだったし、厚みのないLPジャケットくらいのサイズも収納には便利だったので、本棚のいちばん下の段の一部を、レーザーディスク用にしていた。そのうち本があふれてくると、本棚の隣に移動し、倒れないようにブックエンドで支えておけば、それで済んでいた。このまま自宅で映画などが楽しめると考えていたのに、次に出てきたのはDVDだった。EPレコードのシングル盤よりも小さくて手に乗るほどになった。円盤系のものは、どんどん小さくなる時代になっていた。

その後、CDプレーヤー、録画・再生できるDVDプレーヤーを購入し、これからもずっと見たい作品は買い直し、重たいレーザーディスクはすべて、燃えないゴミとして捨てた。重くてかさばるものは排除し、コンパクトな新しい機器に買い替えていた。この頃は話題の作品はすべてチェックしないと気が済まなかったし、今よりもずっと意欲的だった。

買い替えるのと同時に、前に持っていたものはすべて捨てていたので、ビデオ類が溜《た》まって困った覚えはない。同じ内容で一方が軽くてコンパクトなのであれば、間違いなくそうではない方を処分することには、躊躇《ちゅうちょ》しなかった。そしてあれだけ興奮して録画したPVも、ビデオテープが衰退し、ビデオデッキが店頭から消えたとき、再生不可になったので、全部捨てるしかなかった。あっという間に世の中のシステムが進化していった。

今はよほどでないとDVDやブルーレイは買わなくなった。映画やドラマはほとんど買わず、和物関係のドキュメンタリーで興味があるものがあれば買っている。手持ちのDVDは二百本ほどあるけれど、三分の二は段ボール箱にいれて、本置き場に置いてあり、残りはテレビ台の下に引き出しがあるので、そこに入れている。調べてみたら本棚の上に十本、積んである本の間に、藤純子《ふじじゅんこ》主演の「緋牡丹博徒」が二本あったので、私のだらしなさがわかるだろう。

昔に比べて小さくなったとはいえ、CD、DVDもコンパクトに収納したい。CDはすべてケースからはずし、無印良品のCD・DVDホルダーに入れている。ライナーノーツはひとまとめにしてホルダーのそばに置いている。このほうが都合がいい。CDがこのようにできるのに、DVDはなぜかもとのケースに入れたままになっている。

CDは購入したり、処分したりと出入りが激しいのだが、それもこういった見やすい収納にしているからだろうかとふと感じた。DVDはケースに入っているので、しっかりと存在を主張していて、ちょっと処分しづらい。しかしそれをディスクだけにしてファイリングすれば、気楽に処分できるような気がしてきた。それも無尽蔵にファイルをふやすのではなく、ファイルの冊数を決めて、ここに入るだけにしたら、何がなんでも取捨選択をしなくてはならない。しかしボックス入りの小津安二郎集、成瀬巳喜男《なるせみきお》集もそうできるかというと自信がない。これはいちおうそのままにしておいて、早速ホルダーを追加購入して、その他のDVDから徐々にファイリングしていこうと考えている。

どこの家のテレビもそうなっているだろうが、うちのテレビもCD、DVDが再生でき、HDDに録画できる。容量が大きいので興味のある番組を録画していったら、あるとき画面に、

「容量を超えています」

と警告が出てしまった。あわてて録画してあった内容を調べてみたら、百二十七件にもなっていた。自覚がまったくなかったけれど、テレビの中はぱんぱんになっていたのだ。何も考えずに片っ端から録画していると、こんなことになる。五分の番組もあるのだけれど、容量がいっぱいになったと知ったときには驚きそして呆《あき》れた。私は一日に二時間程度しかテレビを見ず、夜の十一時以降は寝てしまうためテレビは見ないので、見られる時間帯からはずれた時間に放送されるものは録画して、空いた時間

にちょこちょこと見るようにしている。呆れたというのも、そんなにテレビのＨＤＤの容量が少ないのかではなく、そんなに録画してしまったのかと、自分に対して呆れたのである。

正直いって、録画したそのすべてを見るわけではない。そのときは、

「これ、録画しておこう」

と張り切るのに一週間経つと、興味を失っている。

「見ても見なくても、どっちでもいいや」

となる。それならば最初っから録画しなければいいのに、やってしまうのだ。どうせ消せばいいのだからと甘い考えがあるからだろう。それなのに容量がいっぱいになって、警告を出される。いったいどれだけ腹一杯になれば気が済むのだと、自分自身にいいたくなる。

容量がいっぱいといわれたら、すこしでも空きを作らなくては次が入らないので、これは何度も見るといいきれるものだけをブルーレイに落とし込んで、何とか空きを作った。録画するためのブルーレイディスクも、所有するのは十枚と決めているので、それがいっぱいになったら、どれか映像を消さなくてはならない。ほとんどが動物関係の映像ばかりなのだが、残りは三枚だ。どの動物もかわいらしく、その姿は私の心をほぐし、顔をゆるませてくれる。一枚に録画できるのは六時間くらい。あと三枚で

いけるのか、かわいい動物映像は全部収まるだろうかと、心配になっている。十枚を録画してしまったら、あのかわいい画像のどれかを消さなくてはならない。そんな非情なことなどできるだろうかと、気が気でない今日この頃である。

生活用品

生活用品のなかには、資源ゴミであっても不燃ゴミであっても、簡単に捨てられないものが多い。昔は不燃ゴミでも市販のゴミ用ビニール袋に入れれば、収集してくれたような気がするが、今は不燃ゴミとして袋に入れて捨てられる目安は、三十センチ角になっている。そうなるとうちの不要品はほとんど捨てられない。現在、捨てたいと考えているのは、ベランダに放置してあるテーブルの脚である。

天然木で三角の形をしており、それを二脚向かい合わせに使って天板を固定するようになっている。私が使っている食卓兼仕事机は組み立て式で、長さは百四十センチ、幅八十五センチ、天板はメープルで脚は金属でできている。更年期に足をつっこみかけたとき、とにかく金属製のものを見るのが嫌になり、テーブルの金属の脚が気になって仕方がなく、脚だけを探していたときに見つけたものだった。

しかしいざ設置してみたら、デンマーク製の天板なのに、まるで居酒屋みたいになってしまったので、あわてて元に戻した。脚を替えただけで、あまりに雰囲気が違ってしまったので、体も衝撃を受けたのか、それからは金属の脚を見ても何とも感じなくなり、金属製品嫌悪もなくなった。肉体的にはよかったのだが、困るのは何の使い道もなくなった、その天然木の脚、二脚である。

飼いネコがよじ上って遊ばないかと、しばらくリビングルームの隅に置いていたが、まったく関心を示さない。燃えるゴミとして捨てようとしても、大きくて四十五リットルのゴミ袋にも入らないので、申し訳ないのは重々わかっているが、

「朽ち果ててくれれば……」

という気持ちで、ベランダの隅に放置してしまった。すでに六、七年は経過しているが、朽ち果てる様子はない。

またベランダには座面をはずした木枠だけの椅子が三脚置いてある。布張りの座面はゴミ袋にいれて捨てた。なぜこの椅子があるかというと、座業で座っている時間が長いため、座り心地のいい椅子を探して、あれこれ買っていたらこうなった。昔は腰痛防止になるスウェーデンチェアーを使っていたが、やはり座面が水平で私の短足に合うシートハイの椅子が欲しくなった。国産の椅子でもなかなか見つからず、どれもやっと見つけた低めのシートハイの椅子なのだ。しかしネコが陣取ってどかなかったり、座面に毛玉を吐きまくったりで、汚れが甚だしくなった。そこでちゃんと座面を張り替えに出したりすればよかったのかもしれないが、インターネットで書斎用の背もたれがあって、シートハイの低い椅子を見つけて新たに買ってしまった。そこでそ

れまでの椅子は、テーブルの脚と同じく、

「朽ち果ててくれれば……」

という私の悪魔のような黒い期待のまま、放置となったのだった。

これは美的にとても問題がある。マンションのベランダであっても、花が咲く鉢を並べたり、美しくしつらえているお宅はたくさんある。しかしもともと土いじりに興味がない私の部屋のベランダには、花一本、草一本ない。あるのは放置された脚、椅子、そしてこぶりなアウトドア用のテーブルと椅子二脚である。引っ越したときに、ベランダが広いので、

「ガーデンセットでも置いて、ここでお茶を飲んだり本を読んだりしよう」

と夢を見てコンランショップで購入したのだが、一度もその目的では使わず、折りたたんだまま。つまりベランダは開放的ゴミ置き場になっているのだ。

これではいけない、木製のものだけでも捨てなければと、持っていた小さなのこぎりで小さくカットして捨てようと試みた。雨ざらしになって薄汚れている脚に、のこぎりの歯を当ててぐいっと引くと、全然、歯が木に食い込んでくれない。あれっと思って力まかせにぐいっと引いたら、今度は歯が食い込んで抜けなくなった。必死にのこぎりの柄をぎこぎこ動かして、やっとのこぎりを救出すると、刃がこぼれた。脚の木材は硬そうなので、このこぎりでは無理だ。でも椅子ならばいけるかもと、

椅子を放置してある場所に移動し、いちばん細い部分にのこぎりを当てて、ぐいっと引いた。ところがまた歯は食い込んだものの、前にも後ろにも動かない。またあせりまくって、ぎこぎこと梃子《てこ》のように動かしてやっとの思いで抜いた。見事に刃がこぼれて使い物にならなくなった。直径三センチほどの木でも切れないのに、これでテーブルの脚や、椅子が切り刻めるわけがないとあきらめた。このとき私はまだ、自分の力が衰えている現実に、気がついていなかったのである。

ある日、BSのテレビを見ていたら、通販のCMが流れていた。ふだんは気にも留めないのだが、私は画面を見て釘付《くぎづ》けになってしまった。多目的に使える何でもカッターの万能のこぎりで、粗大ゴミを解体して普通ゴミとして捨てられるといっている。

「おお、これは私が求めていた商品だ」

画面ににじりよると、金物ももちろん木材も、すいすい切れている。

「これはいいなあ。どうしようかな。買おうかなあ。これがあれば、ベランダに放置してあるもろもろが、燃えるゴミで捨てられるかもしれないし」

値段も高くないので、すぐに買えるのだが、だいたい思いついてすぐ買うと失敗するので、ぐっと耐えた。通販系は衝動買いをして失敗した経験が多かったので、こんな私でも少しは学習しているのである。ところが一日、二時間しかテレビを見ないのに、どういうわけかそののこぎりのCMを何度も見る。通販会社が私の心を見透かして、わざと放送しているとしか思えなかった。あまりに便利をアピールするのに攻め込まれて、購入の一歩手前までいったのだが、

「いや、ちょっと待て」

と、再び踏みとどまった。しかしベランダの放置物を目にするたびに、そのすいすい切れる万能のこぎりが頭に浮かんで離れなかった。

それからしばらくして、隣室の友だちのベランダから、

「ゴーリゴーリ」

という鈍い音が聞こえてきた。工事をするとは聞いてなかったので、友だちが何か作業をしているのだろうと、ベランダの間仕切りの隙間から覗《のぞ》いてみたら、直径十センチほどの長い竹をのこぎりでカットしていた。どういうわけか友だちの家のベランダには、直径十センチほどで長さが二メートルくらいの竹が、三本置いてあった。人それぞれ、

「なんであんなものが、あそこにあるの」

と聞きたくなる物品を持っている。私もベランダ放置の、テーブルの脚や座面のない椅子三脚を見て、

「これ、なに」

とたずねられたら、何もいえない。なので何だあれはと思っても、黙っているのがお互いのためなのである。

同年輩の友だちも、自分の年齢を考えて不要品を処分しはじめたのだろう。小一時間、ゴリゴリという音が聞こえてきたものの、ぱたっと音がしなくなった。それも十分わかる。すぐに疲れるので作業が続けられないのである。また明日《あした》もするのかなと思っていたが、その日以降、ベランダから音は聞こえてこなかった。

一週間後、友だちと顔を合わせたので、CMで見たのこぎりについて話した。

「あれ、買おうかなと思ってるのよ」

すると彼女はふふっと笑って、

「いつでもいって。うちにあるから」

という。それではこの間、ベランダから音がしていたのは、あののこぎりで切っていたのかとたずねたら、そうだという。

「あれ、どう」

「だめよー。すぐに刃がこぼれたし。おまけに切った後は、振動で腕はわなわな震え続けるし。一本だけ切ってやめちゃった」

それでも不要な竹が一本減ったのは喜ばしい。CMでいっているほど、すいすい切れるわけではないとわかったので、私は購入するのはやめ、友だちはいつでも貸してくれるといったが借りなかった。燃やせるものであっても、そう簡単に不要品は解体できないと思い知った。

ガーデンセットは椅子は折りたためるからいいけれど、テーブルの脚は折りたたみ不可なので、ベランダのクーラーの室外機の横に鎮座している。今までの使い道はといえば、椅子二脚を離して置き、天気のいい日に布団を干して、物干しがわりにした。テーブルのほうは夏場、ベランダで洗濯物を干したりするときに、蚊取り線香を置いている。これだけである。なくてもまったく困らない。なのに金属製なので解体もできず、ただ置きっぱなしになっている。購入する際に、処分することを考える頭があれば、せめて木製にしたのに、外に置くことを考えて雨に強い素材を選んだのが間違いだった。今、物を購入するときは、捨て方まで考えるようになったが、当時は何も考えていなかったのだ。

使えないレーザーディスクプレーヤー、DVDプレーヤー、ラジカセは本置き場に置いてある。それまでの機器は、買い替えたときに店が引き取ってくれたのだが、ある時期から値段を安くしているのだから、それはできないと店側が文句をいうようになり、仕方なく古い機種は抱えておくはめになった。これもこまめに粗大ゴミに出せばよかったと後悔しているのだが、どうせ粗大ゴミに出すのなら、不要なものをまとめてどーんと捨てたい。しかしどーんと捨てるためには、自分ですべてを一階のゴミ置き場まで運ばなくてはならない。ラジカセはともかく、特にレーザーディスクプレーヤーが重く、私はなったことはないが、これを運んだら、ぎっくり腰になるのではないかという恐怖すらある。DVDプレーヤーもラジカセも壊れている。今の部屋は賃貸だし、いずれは出るつもりなので、そのときまとめて処分しようと思いつつ、二十年近く経ってしまった。何でも放置すると大事になる典型である。

またノートパソコンが二台、プリンタが一台、外付けして使っていたキーボードが二つある。ノートパソコンの一台は壊れてしまったので処分も仕方がないのだが、もう一台は予備のために購入したものだった。私の考えでは、インターネットに接続してふだんに使うパソコンと、何かのトラブルでパソコンも壊れ、メールで原稿が遅れなくなったとき、ワープロがわりに使えるパソコンがあればと、値段も高くない物を七年ほど前に購入した。昔はインターネットに接続しないでもパソコンがワープロ機能のみで使えた気がしたからだった。しかしパソコンは、基本的にインターネットに接続することを前提にしていて、ワープロとしては使えないのがわかり、そのまま放置である。二台のノートパソコンをインターネットにつなぐとなると、またNTTに連絡をして、二台接続するための機器に替えてもらわなくてはならないので、それを連絡するのが面倒くさいのだ。

パソコンを使いはじめたときは、デスクトップタイプを購入していた。それをどうやって処分したかは記憶にない。電器店にお金を出して引き取ってもらったのかもしれない。壊れたワープロを捨てるとき、ハードディスクに延々と水を流して、それから不燃ゴミとして捨てた。またプリンタも買い替えて、不要になったものを放置。インターネットで買うと、物品が便利に家の中に入ってくるが、いざ家から出すとなるととても困る。冷蔵庫、洗濯機ほど大きくなく、アイロンほど小さくもない大きさの物の処分に頭を抱えるのだ。

また先日、掃除機を買い替えたものだから、前に使っていたものが不要になり、プレーヤー類が積んである脇に無理矢理突っ込んでいる。エレクトロラックスの製品で、排気が汚れないのが利点だったので購入した。最初から重くて掃除のたびにちょっとしんどかったのだけれど、たしかに掃除の後にほこりっぽい匂いがしないので、その点はとても満足していた。しかし体力が衰えてきた今では、重量のある掃除機を使うのさえしんどい。私よりちょっと年下の知人に相談したら、

「今は軽くて便利なのがたくさんあるわよ。私も日本のメーカーの家電は長持ちするっていうイメージだったけど、考え方を変えたの。今の家電って昔に比べて安っぽいでしょ。メーカーも壊れなくちゃ次を買ってもらえないから、四、五年持てばいいくらいの造りにしているらしいわよ。だいたい国産っていっても、国内で造っているメーカーなんてほとんどないものね」

といわれた。そうなのか、家電もどんどん買い替えるのが普通なのかと、考え方を改め、とにかく使うのが負担にならない、軽くてコンパクトな掃除機をインターネットで購入した。たしかに掃除は楽になったが、前の掃除機は放置するはめに。前の掃除機は新しい物の倍以上の大きさで、見るたびに、

「邪魔くさいなあ」

と気になって仕方がない。

室外にはテーブルの脚、椅子、ガーデンセットが放置。室内では使えない、使わない家電が積んである。それらが置いてあるスペースの家賃も毎月はらっているわけである。ものすごーくもったいない。最初は便利に使い、私の生活を助けてくれたのだから、用済みになっても放置しないで、ちゃんと手続きを取って処分すればよかったのだ。何度もいっているが、そのつどこまめに対処すればよかったのだ。今さら後悔してもどうしようもないが、情けない限りである。

本置き場のクローゼットには、タライも入っている。ドリフターズのコントで頭上から落ちてくるあれである。これは浴衣や木綿の着物を手洗いするために購入して、何回か使った。しかし、最近、洗濯機で浴衣や木綿着物が洗えるようなネットが売り出されたので、それを買ったもので不要になった。金属製なので朽ち果てるわけもなく、他に何の流用もできず、クローゼットの場所ふさぎになっている。

また洗面所のシンクの下には、ドライヤーと足袋を洗うための小さな洗濯板、洗剤、掃除用品などを入れている。今回あらためて調べてみると、クイックルワイパー用のシートのストックが、四パックもあった。一パックがなくなりそうになったら買いに行けばいいのに、ゴミ袋を買いにドラッグストアに行って、ふだんよりも値段が安くなっていたりすると、

「必ず使うから」

とつい買ってしまう。そして戸を開けると、

「ありゃ、こんなにあった」

と思うのだが、「必ず使って消費する」が免罪符になって、すぐに忘れる。そしてあれだけあったのだからと、買わないで過ごしていると、使おうとしたときになかったり、管理が行き届いていないのである。

ハンディワイパーもあったはずが、見当たらなくて購入したら、翌日、本棚の隅から出てきたりする。

「そうか、本をバザーに出すときに、いちおう礼儀として埃《ほこり》を払ったんだった」

と元あった洗面所の下に戻し、日々、部屋の目立った埃を払っているうちに、今度は二本とも行方不明になったりする。「使った後は、必ず戻す」ができない。適当にそこいらへんに置いてしまうのである。これも消耗品で必ず使うから、買わなければ

数は増えないけれど、なんでこうなってしまうのかと情けない。そして見つからないからと、簡単に買ってはいけないと必死に探すと見つからないのに、何でもないときに室内のある場所にふと目をやると、そこにあるのは、なぜなのだろう。誰かがこっそり隠しているとしか思えない。誰も隠していないとすると、明らかに私の整理整頓《せいとん》能力が欠けている証拠といわざるをえないのだ。

洗面所のシンク下を続けて捜索すると、掃除に使っている重曹やクエン酸が三袋ずつ、手洗い用の液体石けん三袋、その他、日常に使う雑巾《ぞうきん》やら超極細繊維の各種ダスターのストックが十枚ずつ。使い捨ての超薄手のゴム手袋、百枚入りが二箱。洗濯槽を洗う洗剤が二箱。ストックが多すぎる！　たしかに私はストックがあると安心するタイプではある。持ち物が少ない生活をしている人は、在庫一個、あるいは在庫ゼロでも大丈夫という人もいる。なくなったらすぐに買いに行けばいいという。確かにその通りではあるが、私が使っているものは百均で買えるものもあるけれど、そうではないものが多い。インターネットで買っているものも多く、その際に送料の問題もあって、一個だけ買うというわけにもいかず、まとめて買ってしまう場合も多い。そうなると自然にストックが増えてしまう。ダスターも一種類だけでいいのかもしれないが、大きさ、厚さが微妙に違うので、用途によって変えると使い勝手がいいのだ。やっぱりひとつに決めたほうがいいのだろうか。

とにかく現状打開策として、数が把握できるようにした。本当は台所のシンク下のように、それぞれを箱にいれて分類すればいいのかもしれないが、捜索中にゴキブリと遭遇し、いくらそのようなものであっても、ゴキが歩いた可能性のあるものは直接手にしたくないので、それぞれを透明のビニール袋に入れて、わかりやすいように平たく並べた。何でもかまわず積み上げるのはやめにした。重曹やクエン酸もレジ袋三つに分かれて入っていたので、その中に何が入っているかわからなくなっていた。ふだん使っている分は、振り出し口がついた容器に取り分けているので、それが無くならない限り、重曹の在庫については頭にない。自分でもこんなにあるとは想像していなかった。

しかしこれからは、どれも透明ビニール袋の中に入れたので、一目瞭然《りょうぜん》である。とにかく、

「そこに何が、どれだけの量があるのか、ひと目でわかり、簡単に取り出せる」

のが必要だとわかった。そうなると元にあった場所に戻すのも、できるような気がする。まさか還暦間近になって、小学校一年生のような目標を立てることになるとは……もうため息しかでない。

これまでは引っ越しがひんぱんだったので、そのつど持ち物の見直しができたけれど、同じ場所にずっと居座って二十年近く経つと、まあいいかで、物は増えていく。

こまめに不要な物と入れ替えればいいのに、不要な物を処分せずに抱えこんでいるから、荷物置き場と化している。ただ自分の所有物ではないこの部屋からは、必ず出ていかなくてはならないことに、ちょっと期待している。それが大量に物を処分できるチャンスだ。とはいってもそれがいつやってくるかもわからないし、それまでぼーっとしているわけではないので、日々、自分でできるだけのことはしなくてはならない。生ゴミなどのゴミ類は絶対に溜《た》めないし、チラシやDMはこまめに処分できるのだから、他の品物もできるはずなのに、腐ったり臭いを発したりしない物、またちょっと重いものになると処分する気が失《う》せるらしい。深窓の令嬢でもないくせにと、自分に腹が立つ。

隣室の友だちも持ち物の多さには悩んでいて、必死に片付けると腰が痛くなるといい、

「引っ越しするしかないわ」

といっている。私も、

「そうだよね」

とうなずく。日常的な馬鹿力は出せないが、引っ越しとなると大事なので、ふだんとは違う気力が出て、勢いですべて処分できるかもしれない。持ち家に住んでいる、荷物の多い人の整理収納はどんなに大変だろう。賃貸は住んでいる部屋の中にあるも

ろもろを、すべて無にして出なくてはならない。しかし持ち家の人は事情がない限り、何十年もずっと住み続ける。そこに根を張って物が増えていったら、私の場合、いったいどうするのかを考えたら、そら恐ろしくなる。ゴミ屋敷も他人事《ひとごと》ではない。家族で住んでいれば、捨てられない物もある反面、取っておきたくても捨てなくてはならないものもあるだろう。一人暮らしで賃貸ではない住まい、これが私にとってはいちばん危険な状態だ。

「それに比べれば、まだましかも」

つい逃げ場を作って自分を甘やかしてしまうのだが、

「若い人も高齢者も独身者も、持ちマンションに住んでいる人のほとんどは、あんたよりもずっときれいに住んどるわい」

とどこまでも甘い自分に、突っ込みをいれたのだった。

靴・バッグ

お洒落《しゃれ》の基本は服ではなく、靴やバッグだという人がいる。洋服は流行を追わなくても、靴やバッグが今風であれば、それなりにお洒落に見えるという。たしかに街を歩いている若い女性たちを眺めていると、

「これが今のバッグの流行なのかな」

と思うことはある。大きなショルダーバッグが流行《はや》ったり、またそれにスタッズがたくさんついたりと、年ごとに変化はあるのだが、みながみな同じようなバッグを持っているわけではない。

ショップに行くと売り場の大半を占めている大きさ、デザインのバッグがあって、これらが店側が売りたい主流のものだとはわかるのだが、数は少ないがそれとは正反対のタイプのバッグもあったりする。昔は同じようなデザイン、大きさ、素材のバッグが席巻していて、それ以外のものを探そうとすると大変だったのだけれど、今はそうではない。業界が売りたい、流行のものはあるけれど、女性が好むファッションスタイルには、ナチュラル、エレガント、クラシック、ガーリーなど、いろいろと派閥

があり、その所属によって選ぶバッグが違う。なので、布製のものがあったり、ビーズがいっぱいついているものがあったり、金属がいっぱいついていたりと、さまざまな商品が売られているのだ。

私がここ五、六年、出かけるときに重宝しているのは、通販で買ったエナメル加工のシンプルなバッグである。何度も雨に濡《ぬ》れたけれど問題ないし、背の低い私でもバランスが取れるくらい小ぶりだけれど、容量はたっぷりしている。着物のときも持てるので、このタイプは黒と茶色と二つ持っている。何人もの人に、

「そのバッグいいですね」

と褒めてもらった。夏場はカジュアルな外出の場合は、麻布のトートバッグを使っている。

私が若い頃は、夏場のバッグは白かベージュと決まっていたが、今は素材感のほうが大切で、色はあまり関係ないようだ。真夏に黒い革バッグを持っている人もいるし、洋服に準じてきまりが薄れてきているのだろう。バッグ、靴フェチではない私は、バッグに関してはなるべく使い回しができるものをと選んでいた。それには黒い革のバッグが欠かせなかった。シンプルなバッグはどんな服にも合うし、これだけあれば大丈夫と思っていたのに、還暦間近になると、あれだけ便利だった黒いバッグが、重苦しく感じるようになってきた。なので愛用のエナメルバッグも、ここ数年は、茶色の

ほうが黒よりも遥《はる》かに出番が多いのだ。洋服と同じように、バッグ、靴も似合わなくなってくる。だからこそ新しいデザイン、色に挑戦できるのかもしれないが、鏡の前に立ってそれがわかったとき、途方にくれるのは事実である。新しく似合うものを探そうというよりも、愛用していたバッグが似合わなくなったショックのほうが大きい。いずれまた似合う日も来るのではと期待するから、いつまでたっても昔のバッグや靴が処分できないのだろう。

私の数少ないバッグはどのように収納しているかというと、ベッドルームの棚のいちばん上に、使わなくなったスカーフや、木綿の布に包んで立てて置いてある。以前は着物を着たときに持っていた籠《かご》バッグが、繁殖しているのではないかと思うほど、たくさんあったのだが、それほど高価なものではなかったので、日が経つにつれて劣化していった。縫い付けられていた更紗《さらさ》の布ははずして、本体は処分したので、今はひとつも残っていない。現在使っているのは六個なので、その場所だけ見ればよい。そのなかでずっとそこに置いてあるのに、一回しか使っていないプラダのバッグが二つある。ひとつはブルーのグラデーションの四角い小さなバッグ。もうひとつは深い赤のグラデーションの薄型のバッグである。

若い頃に購入したのはいいが、歳を取るにつれて、

「派手かしら」

と気になるようになり、またどういう服とコーディネートしたらいいのかも見当がつかなくなった。どちらもジル・サンダーのハーフコートに合わせて持った記憶はあるが、そのハーフコートがあまりに酷使しすぎてカシミヤの毛がすりきれて着用不可になり、断腸の思いでさよならしたので、どの服に合うのかわからなくなったのだ。私には不要なのかもしれないと、何度バザーに出そうとしたかわからない。しかし箱の中に入れても、送る寸前になって、

「ちょと待って」

と取り出して、また棚の上に置くのを何度も繰り返した。やっぱり好きなバッグなのだ。しかし黒いバッグが似合わなくなったということもあって、もしかしたらこれから、これらのバッグにも出番があるかもしれないと、期待するようになった。服の色が紺一色のときに、これらのバッグを持っても、大丈夫なのではないか。頭髪もカラーリングをしていないので、真っ黒ではないし、バッグをポイントにできるのではと、ちょっとうれしい。処分しなくてよかったとほっとしている。

最近は今まで使ったことがないクラッチバッグに興味が出てきた。パーティー用のはよくあるが、そうではないちょっとお洒落用に、そして着物にも持てるのがいい。クロコダイルやオーストリッチのものは何度も目にしているけれど、目玉が飛び出る値段だし、素材が好きではない。棚の上のバッグ置き場には、あと一個分の空きがあ

るので、そこに気に入ったクラッチバッグが入れば、いちおう私の手持ちバッグは完成する。

「先に買ってあとからそれを収納する道具を買うのではなく、まずそこにある収納場所に入る容量を決めるのが大切だ」

収納のプロがよくいっているけれど、バッグに関しては私は何とかその教えを守っているようだ。

その一方で、だぶついて問題なのは、エコバッグである。全然、エコじゃないのである。エコバッグもさまざまな大きさ、形があって、使い勝手がよかったり悪かったりする。いただいたものも多い。大好きな銀地に紫色のウォーホールのエコバッグは、もったいないので毎日使うのは控えている。丈夫なものはだいたい地厚で重いし、薄手のものは軽くてコンパクトだけれど、重い物を入れるとちょっと不安になる。また角のあるものを入れると、知らないうちに布地が切れている場合も多い。これにもまた私の身長とのバランスがあるので、選ぶのが難しく、あれこれ試しているうちに、エコに反してエコバッグが溜《た》まっていったのだ。

このところリネンのエコバッグを買い、重さも丈夫さもちょうどいいので、ずっと愛用していたら、あるときバッグの下側に大きなシミができているのを発見した。あれっと思って穿《は》いているデニムを見たら、太ももの外側にシミができている。試しにバッグを左手にかけてみたら、ちょうどバッグとデニムのシミの位置が合致した。中にいれた食品から水分が出てきていたのである。すぐにデニムを脱ぎ、バッグも洗ったのだが、デニムのほうのシミは取れたけれど、バッグのほうは取れなかった。お世話になったけれど、在庫もあるので処分した。たまには柄物もいいかなと、その中から多色のストライプを選んで使ってみた。たしか買ったときには、

「多色ストライプは、どんな色の服でも合うので便利」

と書いてあったので、それもそうだなと納得して購入したのだが、私が持つと、白やベージュ以外、どの服の色にも合わない。もしかしたら似合っているのかもしれないが、私自身がそのバッグを気に入らないのだ。インターネットで買い物をしたとき、送料調整のために購入したのだが、画像と実物とはちょっとイメージが違っていた。もっとはっきりとしたストライプかと思っていたのに、地が薄いので多色の縞《しま》もどことなくぼけている。若い人はそれでもいいけれど、おばちゃんがぼけた縞を持つと、いまひとつしゃきっとしない。他人はそんなところまで気にしないと思うが、自分が嫌なのでこのバッグはキッチンの棚にひっかけて、発泡スチロールのトレイ入れにした。

　他にも使わなくなったエコバッグは、街でもらったポケットティッシュ入れや、編みかけの毛糸玉入れなどに使っている。適宜処分してきたが、今のところエコバッグ

の在庫は五個ある。本来の目的からして、在庫を持つこと自体、いけないのではないかと反省している。

他にも風呂敷《ふろしき》をエコバッグとして使える、革製のハンドルも持っているので、こちらも何とかしなくてはならない。このハンドルを使うには風呂敷が必要だし、そのために様々な柄の風呂敷も十枚ほど持っているのだけれど、着物のときには使わないのだから、持っている意味があるのだろうかと悩んだ。そしてその結果、エコバッグを処分すると決めた。処分といっても、小さな共袋に入ったままの新品なので、バザーに出せる。木綿の薄手トートバッグも買ったときのままのビニールの袋に入っている。雨の日はけちらないでウォーホールのを使えばいい。小さいものだから、処分した達成感はほとんどない。私にとっては小さな一歩だが、物を処分していく人生の過程において、後には大きな一歩になるだろうと、期待しているのである。

バッグと並んでファッションの重要なポイントになるのは靴である。私は足のサイズに問題があるので、合う靴がとても少なく、靴フェチになれるほど靴を持っていない。なので処分をするほど靴を持っていないのだ。ふだん履いているのはヨネックスのパワークッションのスニーカーで、秋冬用と春夏用の二足。ビルケンシュトックの「アナポリス」の黒と茶。サンダルを持っていなかったので、今年、ビルケンシュトックの「バリ」のこげ茶を買った。お出かけ用にはサロンドグレーのシンプルな黒のローヒールパンプスと、冬用のアンクルブーツ。パンプスは先日、同じ形を買い替え、アンクルブーツはパンツスタイルのときだけに合わせる。それと豪雨対応のゴム引きの長靴。これだけである。作り付けの高さ百八十センチの下駄箱の中に、十分収納できる八足しかない。それ以外はそこには草履、下駄がぎっちりと詰まっている。

実は少しでも下半身を長く見せようと、ヒール七センチのロングブーツを持っていたのだが、それを履くと必ず右足の薬指に血豆ができるので処分した。ローヒールかフラットなタイプだったら大丈夫ではないかと、探しまくったらインターネットで一足だけ見つけて、冬場に履いていたのだが、ジップアップなのに私のふくらはぎの肉に押されたのか、だんだんゆるくなってきて、ぶかっとした感じになってきて、ファッションとはほど遠い工事現場風になったので、一冬だけ履いて処分した。私の足にはロングブーツは似合わないのがわかった。

これからは寒いときは、パンツとアンクルブーツの組み合わせを固定して、トップスを選べばいいと決めた。あれこれぶれるから、買わなくてはいけないものが増えるのだ。ロングブーツの失敗を機に、似合わないしよほど極寒の地に引っ越さない限り、私には不要だとよくわかった。私が愛用している「アナポリス」は介護靴としても使われているので、私がそういった年齢になっても履けるだろう。エナメルのローファーが好きなので、昔、よく履いていたのだが、気に入っていた靴が廃番になってしまってから、足に合うものがみつからずに、そのままになっている。あらためて一足欲しいのだけれど、そうなると草履か下駄を一足処分しなくてはならない。今は好きな履物であっても、新しいものを購入したら、未練なくさよならできる一足を選び出せる自信がある。

「どうして着物もこれくらい潔く処分できないのか」

と本当に我ながら不思議でならない。

ふたたび着物

着物の処分、整理が遅々として進まないので、勢いをつけるために、着物本体ではなく、着物の肌着の整理からはじめてみた。肌着は押し入れ用のプラケースを三段に重ねて入れている。上段は上半身につけるもの、中段は下半身につけるもの、下段は上下つながっているものと分けてある。だらしない私としては、この三段に分けたことだけでも、

「よくやってる」

と自分で自分を褒めたくなる。しかし分けたからといって、整理整頓《せいとん》されているわけではなく、実は引き出しの中にぎっちぎちに詰め込まれている。いちおうおおまかにはたたんで入れてあるけれど、一枚引っ張り出そうとすると、やたらと紐《ひも》が多い肌着類なので、紐同士がからんで、芋づる式に他の肌着までとびだしてきたり、途中でひっかかったりしてちょっと具合が悪い。一枚ずつ紐をまとめてかるく片結びにしていればこんなことにはならないのにと、自分でもわかっているのだが、それができない。

どうしてぎっちぎちになっているかというと、少しでも楽に着られるようにと、あれこれ試してしまうからである。インターネットが普及する前は、自分の周辺で耳にする着物情報しかなかった。着物の肌着といえば、昔からある肌襦袢《はだじゅばん》、裾《すそ》よけ。あるいは身頃が晒で別布で袖《そで》がついていて、肌着も兼ねた半襦袢と裾よけがセットのうそつき襦袢。他には便利といわれていた上下がつながった着物スリップくらいのものだった。しかしインターネットというものが出てきてから、そして本当にそうだったのかはわからないが着物ブームというものがあって、インターネットでさまざまな情報が得られるようになった。それによってさまざまな情報を得たし、役に立ったり助けられたりもしたが、私自身はたくさんの情報にあれこれ目移りして、「便利」「快適」という着物肌着情報の渦のなかでぐるぐる回っていた。

西にこれが便利という人があれば、それを買って試し、東にこれがよいという人があれば、それも試してみる。一枚買ってみて具合がいいとなると、着物は袷《あわせ》、単衣《ひとえ》、夏物と季節によって着る種類が違うのと同じように、肌着もそれに準じている。袷用を買って具合がいいとなると夏物も買うので、単純に枚数が二倍になってしまう。こんなことをしていたら、肌着とはいえ増えるのは当たり前なのである。いいわけをすれば、肌着は着てみなくてはわからない。いくら他人がいいといっても、自分に合わないものもある。だから買うのを控えようとは考えず、私の場合は、

「ちょっと試してみよう」

とチャレンジャーになり、いろいろなタイプの肌着が増えてしまったのだ。

若い人や気楽に着たい人は、肌着がわりにタンクトップやスパッツを穿《は》いたりしているが、私はそれが好きではないので、基本的に新しく作られたものであっても、着物用に作られた肌着ばかりを購入していた。素材も天然素材かそれに極力近いものを選んでいた。ただ昔からの半襦袢、裾よけの類《たぐい》は紐の数が多くなって面倒な気がしたので、絹のステテコを穿いた上には、当時、便利といわれていた、絹の上下がつながった着物スリップを着ていた。その上に絹の長襦袢を着て着物を着る。風が強い日は裾がひるがえって、大根足が見えるのが嫌なので、筒型になっている絹の裾よけの、東スカートを穿いた。スリップは一年中とても便利に使っていたが、値段が張る割には絹は耐久性に乏しく、週に三、四日、一年の半分ほどの着用でも劣化が激しかった。それでも他にこれといった肌着が見つからず、しばらくの間、同じタイプを買い替えて着続けていた。

私が二十代の頃、お稽古事《けいこ》で着物を着ていた友だち二人に、どういう肌着を着ているかと聞くと、二人ともうそつき派だった。しかし袖と裾よけは絶対に正絹しか着ないという人と、洗濯機で洗えるポリエステルのみという人に答えが分かれた。私はどうも化学繊維が苦手なので、今は愛用しているベンベルグも、きっとだめだろうとあきらめて購入したことがなかった。当時は化学繊維がだめとなると、正絹を選ぶしかなく、ただでさえ値が張るのに、和装関係のものは特に値段が高い。外出したときにデパートの和装売り場や和装小物店を頭にいれておいて、必ず売り場をチェックし、うまくセールにあたれば喜んで買いだめする癖がついていた。腐るものでもないし安く買えてよかったと、自分では満足していたのが裏目に出て、ストックが山のようにある。

「あれがあったのでは」

そう思いついて押し入れをごそごそ探すと、必ず目当ての肌着が見つかった。それはいいのだが、それに加えて着物ブームといわれはじめた頃から、私の基準のなかで、簡単に楽に着られる肌着があれこれ出はじめ、またそれらをインターネットで知り、買えるようになったので、ただでさえ過剰在庫気味だった肌着類の量が、あっという間にふくれあがってしまったのだった。

着物スリップも絹で袖丈がやや長めになっているもの、和装ブラジャーが不要になるように前身頃がやや厚くなっているもの、汗取りがついているもの、足さばきがいいように、スリットが深めになっているもの、洋服と共用できる美しいレースがついたもの、質のいい木綿で作られたもの、おっさんぽかったステテコも、レースなどがあしらわれて、かわいらしいものが出てきた。どれも試してみたいものばかりで、一枚ずつ購入しては、どんな具合かと試し続けていた。なるべく着物を楽に着たいと模索していた。

着物を着る場合、いちばん問題なのは半衿《はんえり》である。昔からの方法では、半衿は汚れたらそのつど付け替えなくてはならない。苦ではないのだけれど、できるだけ自分が許せる範囲で楽をして、見た感じもきっちりではなく、だらしなくもないように着たい。仕立て衿という衿だけが独立していて、肌着の上に直接装着するものもあったが、どれもいまひとつなじみが悪かった。そんなとき業務用の着物スリップを見つけた。木綿でできていて、袖は筒袖だが半衿がついている。つまりそれ一枚を着れば、礼装は無理だが、ご近所への普段着として大丈夫なのだ。ポリエステルの半衿は苦手なので、手持ちの絹か木綿の半衿に付け替えればいいし、これは便利に使えるのではと期待したが、どうしても着崩れしがちで、私には向かなかった。

やはり昔ながらの肌襦袢に裾よけといった肌着のほうが、着物スリップなどよりはいいのかと、小唄《こうた》のお稽古のときに姉弟子や師匠に聞いてみたら、私の母親よりも六、七歳ほどお年上の姉弟子は、

「私は一枚で済む着物スリップよ。紐がいろいろあると面倒くさいでしょ」

とおっしゃる。元芸者さんで、何十年も着物しか着ていない師匠は、

「ああ、私は普段は『ベンベル』ばっかりよ。簡単に洗えるでしょ。腰紐は誂《あつら》えだけ

どね」

と教えてくださった。師匠の世代は「ベンベル」と呼んでいたらしい。「腰紐は誂え」というまた新たな情報が出てきたが、着物を着慣れている方々も、人それぞれだった。

同門の同年輩の方に聞くと、着物スリップの人もいたし、昔ながらの二部式派の人もいた。いちばんぐっときたのは、

「裾よけじゃないと、下半身のラインが締まらないのよ」

という言葉だった。下半身に難点がある体形の私は、

「えーっ」

と異常に反応した。これまでは足さばきが楽なので、ステテコに着物スリップで済ませていたが、たしかに後ろ姿を写真に撮ってもらうと、着物は裾つぼまりになっているが、何となくもっさりしている。もともとスタイルがよくないのだから、柳腰なほど遠いのだが、それにしてもなあという感じだった。それが、

「裾よけでぐっと締めると違う」

らしい。それは試してみるしかないと、彼女がお勧めしてくれたベンベルグの裾よけを購入してみた。

ぺろんと着てしまえば済むワンピース式と違い、裾よけの付け方にもコツがあり、

ただぐるっと巻き付けるのではなく、お尻《しり》を持ち上げるようにして付ける。本当ならば、丈が短い湯文字でそのような効果を出すらしいのだが、ノーパンの勇気は私にはなかった。和装のパンツやステテコの中には、ごく一般的な形とは別に、股《また》われ式というタイプがある。股の部分が縫われておらず、布地が左右から重なっているだけで、パンツを下ろさなくても用が足せるというもので、これは昔からある肌着である。これを愛用している年配の方も多い。私も買って試してみたけれど、いまひとつ着た姿が美しくないのと、股の間がもそもそするのが難点である。トイレの問題も和式だったら便利かもしれないが、今はほとんど洋式なので、洋服兼用で大丈夫だった。なので股われ式のパンツ、ステテコは捨てた。でもそれぞれ一枚ずつの二枚しかなかったので、整理したというほどではない。

毎日着物を着続けている人にとっては当たり前だったのだろうが、裾よけは目からウロコだった。特に綿や絹以外はだめと思っていたのに、ベンベルグを身につけても、何の問題もなかったのがうれしかった。裾《すそ》よけをつけると、私のようなプレーリードッグ体形でも、着物スリップよりはましになったのだ。

「もっと早くやっときゃよかった」

と後悔した。着物スリップが劣化すると、そのかわりに裾よけを追加していった。しかしそうなると下半身につけるものは補填《ほてん》されるが、上半身の肌着は補填できない。

それまでは和装用ブラジャーを付け、その上に着物スリップを着ていた。しかし裾よけを付けるとなると、和装ブラジャーには袖《そで》がないので、何か上に袖のあるものを着る必要がある。

そんなときにインターネットで見つけたのが、和装ブラジャーとババシャツの機能を兼ね備えた肌着であった。それを一枚着れば肌襦袢《はだじゅばん》とブラジャーの役目を果たすし、冬場はババシャツがいらなくなる。それに裾よけを付ければ襦袢を着る前の下ごしらえはできる。本来は裾よけを付けるのであればステテコは不要なのだが、ステテコを穿くと足さばきがよくなるので、これだけは省けない。

このように新製品を購入し、「この組み合わせはこういう着物のときに便利」「ふだんはこのセットが気楽」とやっているうちに、肌着がどんどん増えていってしまったのだった。筒袖の半襦袢は一枚持っていたが、着ると肝心の衿の部分がU字にならずにWになってしまう。いちばん離れていてほしい衿の部分が、首筋にくっついてくるのだ。

半襦袢を愛用している友だちに聞くと、

「うーん、それは衿の刳《く》りが合っていないからじゃないの」

という。またもう一人に聞くと、

「衿芯《えりしん》をいれてないからじゃない」

という。たしかに半襦袢にはすでに半衿がついていて、このまま着ればいいのかなと思ったのだが、彼女は差し込み式の薄い芯を入れているという。うちにある芯を入れてみたら、どうも分厚くなって具合が悪い。ふだんに着るにはかっちりしすぎるので、どうしたものかと考えていたところ、半衿を買った店で、衿がきれいに抜けるという半襦袢を勧められた。

それは後ろ身頃のウエストの部分にゴムが縫い付けられていて、それをひっぱってきて、前の打ち合わせは左右がボタン留めになっている。それで衿が固定されるので、伊達締《だてじ》めや紐《ひも》もいらない。これはいいと使っていたのだが、背中にギャザーが寄るせいか、背中の部分がすっきりときれいにならず、背中が丸く見えてしまうのが気になった。なので後日、これも処分した。

このようにそのつど試し買いをするものだから、チャレンジの残骸《ざんがい》は増えるばかりである。そしてどれもいまひとつなので、袖を通すことはなく、引き出しに埋もれていくばかり。肌着なので他人様《ひとさま》に差し上げることもできないし、うまく使えば着られるかもしれないという期待もある。雑誌で半襦袢の衿をきれいに抜くには、衿肩あきよりもちょっと長めの寸法にカットした差し込み式の衿芯か、クリアファイルなどの柔らかい素材を、その部分に入れるとよいとあったので、試してみたら、衿の後ろがWになることはなかった。これでなんとかいけるかもしれない。

これまであれこれ試した結果、家で着る場合であるが、袷《あわせ》の時期は筒袖半襦袢にステテコ＋裾よけ。気温が下がるにつれ裾よけや足袋を地厚なものにしたり重ねたり、そして上に何か羽織る。そしてまた気温が上がる季節になったら、下半身は裾よけをやめるなど、基本セットのなかから足したり引いたりすればいい。外出や礼装のときはまたちょっと異なるけれど、着物を着る人がごくふつうにしていることを、どうして私はできないんだろうと情けなくてしょうがない。

インターネットのサイトで読んだのだが、物を増やさずにふだん着物を着るには、あれこれ肌着類に手を出さないことと書いてあった。ごもっともですと深くうなずいた。私はより快適に、より楽に、より見栄えよくと考えて、あれこれ手を出しすぎた。普段セット、外出セット、礼装セットの三種類を決め、袷、単衣《ひとえ》、夏物用を準備する。これで完璧《かんぺき》ではないか。そして一度決めたら浮気はしないこと。固い決意のもとに、私はプラケースをひっくりかえし、三段の引き出しの中の分量を、すべて半分以下に減らすことに成功したのであった。

本

私は着物以外では、子供の頃から、持ち物のなかでいちばん量が多かったのは本だった。本とレコードは好きなだけ買ってもらえる家に育ったので、本がどんどん増えていった。レコード店よりも書店のほうが町内に多く、手軽に買えるので、その結果、本のほうが増える原因になっていた。小学校に上がる前は、もともと家にあった大人の背の高さくらいの本棚いっぱいに、本が詰まっていた。絵本もあったし図鑑もあった。父親が丸善で買ってきてくれた、洋書のかわいい動物絵本もあった。当時、幼稚園をやめさせられた私は、幼稚園がわりに児童劇団に通っていて、たまに映画やテレビドラマで役がついた。撮影が終わった帰りに、母親にギャラがわりの本を買ってもらうのが楽しみでもあった。私が読み終わった本は、四歳下の弟がその棚から取り出して読んだりしていたが、私ほど熱心に読んでいた記憶はない。

小学校に上がると、図書室があったので、本を借りまくった。学級文庫の本も読んだ。なので本は買うよりも借りるほうが多くなり、家の本が増え続けることはなくなって、雑誌を買うほうが多かった。「少女フレンド」「週刊マーガレット」「ボーイズライフ」も面白かったので、それも買っていた。どうやって本を整理していたか記憶はないが、私や弟が読まなくなった本、使わなくなったおもちゃなどは子供のいる親《しん》戚《せき》宅に送られていたような気がする。本は繰り返し読むもので、親戚や知人に譲るということはあっても、よほど判読不能にならない限り、捨てる感覚はなかった。辞書一冊でさえ、丁寧に自分で補修して使うような時代だった。

買った雑誌は、年末の大掃除のときに、母親に片付けろといわれて、気に入った号だけ残して、処分していた。当時は世の中に資源ゴミなどという意識はなかったから、不要な雑誌は紐でくくって燃えるゴミとして出していたのではないだろうか。家に私の買った本や雑誌があふれている記憶はなく、その大きな本棚ひとつでおさまっていた。

この年齢になると好きなだけ本とレコードを買ってもらえるという規約は、親から一方的に破棄され、自分のお小遣いでやりくりしなくてはならなくなった。父親は仕事の関係上、洋書、和書を問わず、写真集や画集といったビジュアル関係の本を多く持っていて、母親は婦人雑誌以外、一切、本は読まない人だったので、いわゆる文学系の本には疎かった。なので、

「この本を買って欲しい」

というと、「いったい、それはどういう内容なのか」と聞いてくる。幼いときの

「ねむりひめ」や「はちかつぎひめ」「ちびくろさんぼ」ならば彼女も知っているので、何もいわずにほいほいと買ってもらえたのだが、彼女が知らない本を買ってというと、いったいそれは何だといわれる。そしていつも、

「そんな本、まだ早いんじゃないのか」

と却下されるのだ。そんなやりとりが面倒くさくなってきた頃、契約の破棄をいい渡された。買う本の単価が高くなってきたので、家計を圧迫するようになってきたのだろう。しかしお小遣いのなかでなら、何を買ってもよくなったのは、面倒くさくなくなって、私にはかえって好都合だった。

小学校の四年生のときに、グループサウンズブームがあり、ビートルズやローリングストーンズを知った。私のお小遣いのほとんどは、彼らが載っている雑誌を買うために消えた。「ミュージック・ライフ」や「ティーンビート」を毎号買っては、彼らが写っているグラビアページを見て胸をときめかせていた。レコードは友だちの家に遊びに行くと、その子のお姉さんが、

「一緒に聞こう」

とレコードをかけてくれるので、三人で何度も何度も繰り返し聞いた。その家のお母さんに、

「よくも飽きずに何度も同じレコードを聴けるものねえ」

と感心されるほどだった。

しかし両親は、一方的に契約を破棄し、お小遣いで買うようにといったくせに、私が中学生になっても、洋楽の雑誌を買っているのを知ると、無駄遣いだと怒るようになった。また「書を捨てよ、町へ出よう」という書名につられて本を買い、著者の寺《てら》山修司《やましゅうじ》を知ったらはまってしまい、またカルメン・マキという私から見ると、何ともかっこいい女の人が、「時には母のない子のように」という歌を歌い、大ヒットした。その作詞も寺山修司で、新書館から出ていた、宇野亜喜良《うのあきら》の装丁のフォアレディースシリーズも何冊か買った。それで詩人の白石《しらいし》かずこも知った。彼女もとてもかっこいい女の人の一人だった。

本棚に寺山修司の本があるのを見た母親は心配になって、私がいつも本を買っていた書店の、温厚な店主夫婦に、

「こんな本を買っていて、大丈夫だろうか」

と相談したらしい。いったい彼女は娘の本棚にどういう本が並んでいたら安心だったのだろうか。著名な文学全集とか、「赤毛のアン」や「若草物語」を考えていたのだろうか。しかし彼らに、

「大丈夫ですよ、問題ないです」

といわれてほっとしたと、後年になって話していた。本を読まない親は、本という

ものがどういうものか知らないので、困るのである。なかにはどういう考えなのか、親に教科書以外の本を開くのを、禁じられているといっていた人もいた。私としては本を買うときに、お小遣いの追加をねだったわけでもなく、その中でやりくりしているのだから、とやかくいわれる筋合いではないと無視していた。

何度いわれても無視していたら、そのうち何もいわれなくなった。また溜《た》まっていく雑誌の処分にしても、親は何もいわなくなり、ほとんど野放し状態になった。それでもそのときは、雑誌もちゃんと本棚に収まり、散らばってもいなかった。家の中は親の管轄下にあったし、それなりにちゃんと整理整頓《せいとん》が行き届いていたのだろう。友だち同士で本を貸し借りするのは当然だったし、近所の貸本屋さんにはとてもお世話になって、漫画や雑誌をたくさん借りた。読んだ本は欲しいという友だちにあげていたし、基本的にどうしても手元に置いておきたい本は限られていたのだ。

高校生になるとアルバイトができるので、本とレコードを買うのに拍車がかかった。親にしてもらうのは、食費と幼稚園よりも安いといわれていた、都立高校の学費だけで、着る物もすべてアルバイトでまかなっていたので、好きなものを買いたい放題だった。この時期に本のなかで暮らす下地ができてしまったようだ。自室スペースは四畳半くらいで、机やタンス、当時、習っていたエレクトーンが置いてあり、布団を敷くスペースだけを残して、あとは本と雑誌だらけだった。昔から持っていた本棚はずっと使っていたけれど、それでは間に合わなくなり、畳一畳分だけを残す状態で、本や雑誌を積んだ山が増えていった。エレクトーンの蓋《ふた》もスライド式だったので、開け閉めにさしさわりがないところには、本が積んであった。つまり積めるスペースがあったら、どこにでも積み上げていた。ところが明け方、大きな地震があり、寝ている私の腹の上に、雑誌がどどっと雪崩状に押し寄せてきて、このときはじめて、

「ちょっと、あぶない」

と危機感を覚えた。それでもまあ、大丈夫だろうと、本は増殖し続けた。このときに本を処分した記憶はなく、着々と増えていく一方だった。

大学へ通うようになると、入学したのが文芸学科で、創作コースのゼミにいたので、本とは縁が切れなくなった。二十歳のときに両親が離婚し、それからは学費も自分で払っていて、力のいれ具合としては、アルバイト7、大学3という感じの割合だった。アルバイト先の書店が、社員なみの能力を求める反面、時給がとてもよかったので、大学が終わってから三〜四時間、日曜日に八時間出勤する程度でも、へたをすると会社員の給料以上のアルバイト代がもらえた。まだ体力もあったので、開店から閉店までぶっ通しで、月に二回は働いたりもした。当時は私立大学の授業料も安かったので、アルバイトをしながらでも支払え、好きなだけ本や雑誌を買えた。とにかく本がたくさんある場所にいるだけでもうれしかったので、私はレジ係をまかされていたが、立

ちっぱなしのアルバイトでも辛いと感じなかった。

それでもどうしてもお金が足りなくなると、手元にある本やレコードを売って、それでまた欲しい本やレコードを買った。私の人生のなかで、いちばん本を換金していた時期だった。しかしそれが生活費になったり、服を買ったりするわけでもないので、本やレコードの絶対数はほとんど変わらない。それまで黙っていた母親も、

「本を買いすぎじゃないの」

というようになった。とても若い娘の部屋には見えないし、毎日、五冊も六冊も本を抱えて、うれしそうに帰ってくるのは変だという。本を読まない人間にそんなことをいわれても何とも感じないので、そういわれても、

「あっそ」

といっただけでもちろん無視である。

大学を卒業して代官山にある広告代理店に入社してみたら、あまりの激務で本を読む時間がまったくとれなかった。日曜日は休みだったが、あまりに疲れて本を読む気にもならなかったのが、悲しかった。家に帰ると毎日十一時すぎで、書店に行けないのも辛かった。このままでは精神的にもまずいと、半年でそこをやめてそれからは短期のアルバイトで食いつないだ。友だちから、三日、一週間、二週間だけ手伝ってと、さまざまな職種のアルバイトが持ち込まれるので、ほいほいと喜んで出かけては、日

給をいただき、帰りに本を買った。働くのは好きではないが、やるとなったら手抜きをしないで、まじめにちゃんと勤めるので、雇い先からは重宝がられた。しかし毎日連続して仕事があるわけではないので、働かない日が多くなる月もある。資金が底をついてくると、本やレコードを売る。単価が安くても量があるので、そこそこのお金になった。

アルバイトのない日は、勤めている母や大学生の弟が家から出ていった後に起きて、ぼーっと朝御飯を食べ、家にいるネコやインコやモルモットやハツカネズミたちと遊び、そしてラジオを聞きながら本を読む。たまには外に出なくっちゃと、日中の空《す》いている書店に行って、棚の隅から隅まで眺めて歩いていると、

「こんな幸せな時間があるだろうか」

と楽しくて仕方がなかった。昼御飯を食べてまた本を読む。そのうちに弟が帰ってきて、

「アルバイトに行かなかったのか」

と文句をいわれ、夜、帰ってきた母親にも、

「アルバイトに行かなかったのか」

と顔をしかめられる。冷たい二人の視線をかわしながら、晩御飯を食べ、また動物たちと遊んだ後、本を読む。風呂《ふろ》に入ってから本を読む。さすがに風呂の中で本を読

む習慣は私にはなかった。風呂は一日のうちで目を休める、短い時間だった。そして寝るまで本を読む。家庭内評価はともかく、ほとんど働かずに本ばかり読んでいた日が、いちばん幸せだった。

あまりに家族の視線がきついので、そろそろ働かなくちゃと腰を上げ、中途採用の試験を受けると、なんとか受かるので、すぐに勤めはじめる。

「ほらごらん、やる気になれば就職できるのに」

そう母親にもいわれたが、そのやる気が出ない。家でだらだらと本を読んでいるほうが、会社に勤めて定収入を得るよりも、はるかに楽しかった。

結局、二年間に六か所の会社で就職、退社を繰り返し、そのたびに母親と弟は、

「きーっ」

と怒っていた。

編集プロダクションに勤めているとき、私は会社の帰りに立ち寄った書店で、衝撃を受けた。広告代理店ではできなかったが、どんな会社に勤めていても、退社後には毎日必ず書店に寄った。乗り換え駅の高田馬場にある書店で、「本の雑誌」という雑誌を手にしたとき、

「こんなすごい雑誌があったのか」

と驚愕《きょうがく》し、それから「本の雑誌」の発売日を心待ちにするようになった。その後、

縁があって、私は「本の雑誌」を発行している、本の雑誌社に就職したのだが、その顚末《てんまつ》については他の本で書いているので、ここでは省く。

ここでまた本を読むのに拍車がかかった。自分は本好きだと自負していたが、「本の雑誌」に関わっている人たちは、私など問題にならないくらい、本を読んでいた。また寄稿してくださっている方々も、読書量ははんぱではない。私は社長の目黒さんが、歩きながら本を読んでいるのをみて、びっくりした覚えがある。さすがに私は、車が怖くて歩きながら本は読めないというと、彼は、

「そお？　こうしないと読みたい本がたくさんあるから、全部読み終わらないんだよね。車は向こうが勝手に避《よ》けてくれるでしょ」

と淡々といったので、

「本当の本好きというのは、ここまで達観するものか」

と驚いたのだった。

この本が面白かったと教えてもらうと、すぐ読みたくなるので、帰りに書店に寄って買った。本を買うときは一冊だけ買うというのはまずなくて、だいたい他の面白そうな本を五、六冊みつくろって買って帰った。このときには母親も、仕事も仕事だからと黙認していたようだ。自室の本と雑誌のタワーはどんどん高くなり、軽く一メートルを超える高さのものが何棟も立ち、地震がきたらものすごくまずい状態にまでな

っていた。その当時、大きな地震がなかったのは、運がよかったとしかいいようがない。本はこれでもか、これでもかというように増えていった。

四畳半の天袋や押し入れを片付け、服を整理して空きを作り、段ボール箱に本をつめて中に押し込んだ。これで部屋にスペースができたので、また買う。すでに弾かなくなっていたエレクトーンは見事に本置き場と化していた。客観的に見ると、布団を敷く一畳分だけスペースが空いていて、本のタワーが林立している四畳半は異様だったが、その中に埋もれている私は、とっても幸せだった。

「ああ、ずっと本の中に埋もれていたい」

と本気で考えていた。最初は理解を示していた母親が、また私に文句をいうようになって面倒くさくなってきたので、一人暮らしをはじめた。これで何も文句をいわれることもなく、好き勝手に生活できるのがうれしかった。

何度か引っ越しをしたが、引っ越し業者に頼んでも、本が多いとわかると、露骨に嫌な顔をされた。女の一人暮らしなので、大きな家具があったとしても、洋服ダンスと鏡台くらいのものだろうと思われ、

「そういったものはないです」

というと、一瞬、楽勝、と思うのか、見積もりにきた人の顔がゆるむ。しかし、

「でも、本が……」

と押し入れを開けて、本が入った段ボール箱を見せると、一気に顔が暗くなった。いちおう引っ越しの前に、古書店に連絡をして、減らす努力はしてみるのだが、減ったのは百冊くらいで、ほんの一部でしかなかった。

家を出るとき、昔から使っていた本棚は置いてきたので、本は室内に積んだり、段ボール箱に詰めて押し入れに入れていた。壁面が作り付けの本棚になっていた離れにいたときは、ほぼ全部の本を並べることができたが、三か月で引っ越さなくてはならなくなり、次に引っ越した風呂無しのアパートは一間半の押し入れのスペースがあったので、多くの本はそこに入れて、ふだん読む本は背の高い本棚を購入して、そこに入れておいた。

その後、会社をやめて物書き専業になり、風呂付きの１ＤＫマンションに引っ越していたとき、母親から電話があった。当時収納力が抜群といわれていた、スライド式本棚を買ってあげたという。なんで相談もしないでと話を聞くと、母親が学生時代の同窓会に行ったら、恩師が家具店を経営しているのを知り、流行のその本棚を買ったのだという。

「合板じゃないわよ。ちゃんとしたナラ材だから、一生ものよ」

はあと話を聞いていたら、最後に母親が、

「……それじゃ、月々二万円の支払いということでお願いね」

といったのは覚えている。細かい値段は忘れてしまったが、定価が二十四万円だったか、二十万円だったのを、まけてもらって二十万円だか、十八万円だかにしてもらったといっていた。

「お願いってどういう意味よ」

買ったというのは、彼女が私に買ってくれたのではなく、代理として話をつけただけだから、金はあんたが払えというのである。本棚は必要だが、二十万円の本棚なんて、いくら棚が左右にスライドするからといって、ナラ材だからといって、そんなものは必要ないのだ。

「そんな高い本棚、いらないわよ。だいたい私が頼んでもいないのに、どうして勝手に買ってくるの」

「だって本棚、いるでしょ」

「いるけど、そんな高いものはいらない」

「だっていつも床に本を積んでたじゃないの。スライド式だから、あれだったら全部収まるわよ」

「あれ一つでは収まるわけないでしょ」

「あらそう、もう一つ必要かしら」

「そんな問題じゃない！」

二十万円あったら、どれだけ欲しい本が買えるだろう。私は必死に抵抗したものの、母親から、

「もう注文したから」

と一方的な態度で押し切られ、納得しないまま本棚が部屋に届いた。非常に不本意であった。たしかに収納力はあったが、私が持っている本のすべては入らなかった。

その後、1LDKに引っ越してからしばらくして、知人にスライド式本棚はあげてしまい、高さが百八十センチのごくシンプルな木製の合板の本棚を三本買い直し、そこに入らないものは床に書名が見えるように積んでいた。学生や勤めているときは、あれだけ本に埋もれていたいと憧《あこが》れていたのに、物書き専業になり、自分が本を書き、また本を買っているうちに、本というものが自分のなかで重荷になっていった。本棚に並んでいる文庫本の背の様々な色合いを見ているうちに、頭がくらくらしてきて、装丁家やデザイナーの方々には申し訳ないが、カバーを全部はずしてしまったこともあった。本体のベージュに黒い背文字がずらっと並んでいるのを見ると、ほっとした。それでも書店に行くのは好きで欠かさなかったし、雑誌のグラビアで、壁面を一面本棚にしている人の姿を見ると、やはり、

「いいなあ」

と思った。でも自分が本を書くようになってからは、本を所有し棚に並べるのが、

だんだん重荷になっていったのは確かだ。それから私は本を減らす一方になっていったような気がする。

しかし学生、アルバイト生活のときのように、売ることはできなくなっていた。若い頃のように本を買うお金に困っているわけでもないし、少額であっても本を換金すると、罪悪感を持つようになった。コレクターではないので稀覯本《きこうぼん》はなく、古書店に普通に流通している本ばかりなので、特に貴重なものはない。家に来て引き取ってもらう手間などを考えると、こちらの都合で家から出すほうを選んだのだ。

地域の図書館には、交換本コーナーがあった。入口横に本棚が置いてあって、不要な本をそこに置き、それを欲しい人が持って行く。私はそこに一度に十冊ほど持っていっては、手ぶらで帰ってきた。持っていく基準は、三年後に確実に文庫になる本、それと買ってみたけれど、いまひとつだった料理本や手芸の本だった。自分でいうのは何だが、本は丁寧に扱っているので、いずれも美本である。必要な人があったら、持っていってくれるだろう。それを何度も繰り返していたある日、本を置いてコーナーの本を眺めていると、私と同年輩くらいに見える男性がやってきて、私が置いたばかりの本を両手でわしづかみにして出て行った。ふつうは中身を確認してから持っていくはずなのではと不思議に感じていた。

帰りに買い物をしようと駅前に行ったら、その男性が駅前の古書店にその本を持っていき、売っている姿を見てしまった。とても複雑な気持ちだった。自分が損をしたというのではなく、そういう人もいるのだと、よくわかった。本を読むのではなく、元手がゼロで少しでもお金が稼げる手段として使われたのが嫌だった。本を売り買いするルートがあるのだから、彼のしたことは犯罪ではないし、ごく普通の行為なのかもしれないが、その日はちょっと気持ちが落ち込んでいた。

交換本コーナーに持って行くようになってから、本の数は減っていった。山に別荘を持っている友だちが、そこに誘ってくれるとき、

「いらない本を持っておいでよ」

という。一緒に集まる人たちも本が好きなのだが、処分に困るので夜、たき火をするときに一緒に焼くという。私は読んでみたものの、いまひとつだった、一般的に人気がなさそうな本や、実用書を二十冊ほど段ボール箱に詰めて、車で一緒に運んでもらった。

夜になると広い庭でたき火をして、火が熾《おこ》ると本をくべる。私にとっては交換本から持っていかれて換金されるより、いっそのこと火で燃やしたほうが腑《ふ》に落ちた。友だちは小説やエッセイなどを持ってきて、他の本に比べて火の点《つ》きが悪い本を棒でつつきながら、

「本当にこの先生は現世への欲が深いのねえ。他の本に比べて全然、火が点かないも

とつぶやいていた。そして本が燃えているところへ、マシュマロを棒にさしてあぶって食べる。このとき私は、物というものは燃やしてしまうのが、いちばんいいけりのつけかたなのかもしれないとも思ったのだった。

交換本や焚書《ふんしょ》で量が減ったといっても、背の高い本棚三本には、棚の後ろに単行本、前側に文庫本といった具合に、ぎっちり詰めこまれている。それでもまだ本の量が多い。自分の書く本が増えていくにつれ、本棚の一部に自分の本が増えていく。これがいちばん嫌だった。本棚に自分の本があるなんて恥ずかしくてたまらなくなって、本が出るたびに段ボール箱に詰めて目に触れないようにした。自分が本を書いている現実は、なるべく消し去りたかった。

そして今のマンションに引っ越す前に、本棚を処分した。容量も減らしたかったので、昔の懐かしい感じの背が低い本棚が欲しくて、近所のアンティークの家具、道具を扱う、そのジャンルでの有名店に行ったら、幅七十センチ、高さ百四十センチ、奥行き三十五センチの、両開きのガラス戸のついた本棚に一目惚《ひとめぼ》れして購入した。その他には幅七十センチ、高さ百二十センチ、奥行き二十四センチで、固定式の三段の棚があるシンプルなものと、幅八十センチ、高さ九十センチ、奥行き二十七センチの、同じく固定式の棚が二段のものも購入した。本置き場にしている部屋にある本棚はこの三本である。日用品をいれておく棚もここにはあるが、そこには小唄《こうた》用の楽譜や大判の本が入れてある。

限りあるスペースを最大に活かす方針は変わらず、単行本を入れ、手前の空いたスペースには、単行本、文庫本を横積みにしていく。奥行きが二十四センチの本棚はサイズが微妙なので、たまにどすっと音がして、手前に積んだ本が落下する。それでも地震があっても落ちないのは不思議である。まだ入りきらずに床置きしてある本もあるので、その本棚三つの余っているスペースに、ぎゅうぎゅうに詰め込むのではなく、贈呈していただいた本は除き、自分で購入した本は、ひと並べにして入るだけに冊数を絞るのが目標なのだ。横積みや床置きしている本も結構な冊数になっているから、ざっと見て半分以下にしないと、ひと並べにならない。リビングルームの棚にある本も整理して、こちらの棚は主に花瓶や、今は箱にいれてしまっている、木製の動物たちが置けるような場所にしたい。そうなると本や雑誌の総量を三分の一にしないと無理だろう。

今の部屋に引っ越してから、何度も本を減らそうと試みた。本は購入せず、図書館を利用しようとしたこともあったけれど、やはりだめだった。本には悪いけれど借りていると、いまひとつ本に愛着が湧かない。読んでいてもどこか上の空になってしまう。本に書き込みをしたりするタイプではまったくないのだが、本との関係がどこかよそよそしい感じがして、図書館で借りて読んで、面白いと感じた本は購入する。入手できない本は借りて読むしかないけれど、その書名をメモしておいて、インターネットで探して、買ったりもした。まずそれで手に入らなかった本はない。図書館で本を借りる人は、スペースの問題があったり、読みたいけどお金は払いたくないという人もいるだろう。でも私はやはり図書館に本があっても、お金を払って本を買いたいのだ。

こんな状態なので、本は一気にどっとは減ってくれない。インターネットで、どこか不要な本を受け入れてくれるところはないかと探したら、某図書館がみつかり、五箱、八箱と送り、いちばん多かったときは、一度に十五箱送ったときもある。しかし五箱、八箱のときは、御礼のファクスが届いたが、十五箱のときは何もなかったのを考えると、送った量が多すぎて、迷惑だったのかもしれないと反省した。なかには「公序良俗に反する本はお断りします」と書いてあるところもあり、十八歳未満お断りの本は持っていなかったけれど、

「公共の施設で配布するには、広い意味で公序良俗に反するかも」

と判断したものははずした。

バザーへの寄贈品をつのっているところでも、本を受け入れてくれるところがある。辞書、百科事典、文学全集、実用書は除外、文庫本のみ、発行年がここ数年であるこ

となど、条件付きの場合も多い。制限をつけずに、エロ本ばかりを送られてきても、それなりに需要はあるかもしれないけれど、バザー会場でこっそりカーテンの陰に並べるわけにもいかず、それも当然だ。交換本コーナーに置いてある本を思い出すと、

「これを交換しようなんて、すごくないか」

といいたくなるような状態の本もたくさんおいてあった。カバーがなかったり、ゆがんでよれよれだったり、なかにはドブに落としてそれを乾かしたのを持って来たのではないかというほど汚れている本もあった。売るのにふさわしくない本を提供されても迷惑だろうし、こちらは実用書OK、あちらはだめと、先方の条件に合うように、処分する本を振り分けて送ったりもした。

集荷に来てもらい、本が詰まった段ボールがどっと減ると、

「おお、やっと減った」

とすっきりした。ところがひと月、ふた月と、月日が経つうちに、

「あれ?」

と首を傾げるようになる。

「増えてる?」

増えるのは当たり前である。誰が置いていくわけでもなく、自分が買っているからだ。どういうわけか本を大量に処分した直後に限って、読みたい本が続々と発売され

るので、減らした冊数ほどではないけれど、あっという間に増えてしまう。洋服は買わなくても我慢できるが、本はそうはいかない。また出版サイクルが早くなってきて、単行本でもあっという間に品切れ扱いとはいいながら、現実的には絶版扱いになってしまう。

「この本は危ない」

と自分の嗅覚《きゅうかく》で、文庫になる可能性がなく、単行本になったらそれでおしまいと感じた本は、すぐに読む予定はないけれど、とりあえずは購入しておこうという気持ちになる。

また私は資料は新刊書店、古書店で手に入るものは、すべて自腹で購入しているので、資料として読みたい本も購入対象になる。こういった本は部数も少ないので、私のなかで個人的な絶滅危惧種《きぐしゅ》になる怖れがある。

「すぐ読む本だけ買えば、そんなことにならないんじゃないの」

といわれるのだけれど、なかなかそうはできない事情もあるのだ。

しかし本を減らすと決めたので、本棚三本にひとならべの冊数にしなくてはならない。本棚にぎっちり詰め込んでいるうえ、そこに入らない本や雑誌は本棚の前に積んである。編み物やら刺繍《ししゅう》やら和裁やら、手芸関係の本も多いので、これらもどれを残すのか、選ぶ必要があるだろう。また大好きなネコの本は、一冊がぼろぼろになったときの予備のためとして、必ず二冊買ってしまうので、それもなんとかしたほうがいいかと悩んだのだが、これはこのままでよしとした。

まず処分しやすい雑誌から手をつけた。毎月送られてくる掲載誌、雑誌を溜《た》めると大事になるので、自分の書いたページ、残しておきたいページを破って、週に一度の資源ゴミの日に出している。それ以外の自分が読みたくて購入した雑誌の処分が問題である。私は若い頃からスクラップ好きで、ファイルを購入してテーマ別に分け、気に入った記事をファイリングしていた。ファイルは規格品なので並べていても、見苦しくはない。しかしそのうち背の部分の幅が二センチから三センチある、ファイル自体が増えてきて頭を抱えた。

「どうしてこうなるのか」

考えた結果、

「必要な部分だけ残して、ファイリングするから大丈夫」

という気持ちがあるからだめなのだとわかった。

雑誌は一冊全部が必要という場合はとても少ない。そのうちの何ページかだけである。私は書店では立ち読みをしないので、読みたい記事があったら、たとえ二ページであっても雑誌を買う。正直、どうしようかなと迷うときもある。しかし、

「ファイリングすれば、かさばらないよ」

と別の私がささやくので、

「そうだよね、必要な部分だけ、残しておけばいいんだもの」

と買う。そして家で読んで、必要な部分だけ破いて、ファイルをしてあとは資源ゴミ。

「これがいかん！」

とやっと気がついた。たとえばそのファイリングが活かせていればいい。もちろん仕事に役立ったこともある。でもそうではないファイルがほとんどだった。統一感があるとはいえ、ファイルが増えるたびに、部屋が会社みたいになるのも嫌だった。あるとき、厚さが三センチのファイルが五冊になったとき、すべての中身を出して、本当に取っておきたいページだけを抜き出した。理想のすっきりインテリアの写真、素敵な日常を過ごしている年配の女性の記事……。全体の十分の一にもならなかった。ファイル本体も五冊、全部捨てた。最初は手元にある挟み込み式のクリアファイルを使おうとしたのだが、判型が合わなかったり、二方が開いているので、こぼれ落ちやすい。そこで思い出したのが、一世を風靡《ふうび》した、山根一眞《やまねかずま》氏のファイリング方法である。これは茶封筒を使い、自分でインデックスをつけて並べる、ごくシンプルなファイル法だ。とにかく圧迫感は避けたいし、また新たに収納するための道具を購入するのは嫌だったので、家にある税理士さんに経理関係の書類を送るためのA4対応の角形2号封筒に、「部屋」「生活」などとインデックスをつけて、封筒を分けた。ファイル一冊分よりも少ないスペースで収まった。

この方式で少しずつ雑誌を処分していったのだが、それらの封筒もふくらんでずっしり重くなってきた。インデックスのなかには、雑誌名をつけて、その雑誌のファイルをまとめたものが二袋あった。あの雑誌に記事があったと、そのほうが思い出しやすかったからである。それらは毎号、必ず買っていたので、どうしてもファイルの枚数も増える。

「うーむ」

私はずっしりと重くなってきた二つの封筒を手に取った。またこれを見直して、選別するべきだろうか。ここ一年近く、この封筒に切り取ったページを入れたけれど、以前のものを見た記憶はない。私は「よしっ」と決断して、その封筒の中身を見ないで封筒ごと捨てた。そのときは私にとってとても重要な記事だと思っていたので、捨てた直後は、まずかったかなとちょっと後悔したのだが、結局は何ともなかった。もしかしたら記憶も鈍りつつあるので、何をファイルしていたか、忘れているからかもしれない。本や雑誌を処分しても、ファイルが増えていったのでは、あまり意味がない。ファイルした直後の何か月間は必要になるときがあるかもしれないが、私のような年齢になって、一年も二年も経ったら、どれも必要ではなくなるのが、よーくわかった。

雑誌はこの方式で、紐《ひも》でくるのが面倒くさいと感じつつ、週に一度の資源ゴミに出せばいいが、問題はやはり本である。昔はむっとしたけれど、自分が図書館の交換本に置いた時点で、自分が望んだ、家から本を出して手放すという行為はそれで終わるのだから、誰がその本を持っていこうが換金しようが、関知する必要はない。家に持って帰って読んで、その後に捨てたり換金したりする人もいるかもしれないのだから、持っていってくれた人が、好きにすればいいと考えるようになった。

今住んでいる地域でも図書館に交換本コーナーはあるけれど、いちばん近い徒歩五分の距離にある図書館が老朽化し、改装のために閉館になってしまった。次に近い図書館までは、徒歩で二十分近くかかる。昔は本の十冊くらい、平気で持ち歩いていたが、歳を取って体力が落ちてからは、単行本十冊を持って二十分近く歩き続けるのは、結構、辛い。なので近所の図書館が再開するのを待って、交換本用の段ボール箱に、本を詰めている状態だ。箱の中にあるうちは、家から出ていっているわけではないので、室内に溜めているのと同じである。本棚の本は徐々にひとならべに近づいてはいるけれど、単に室内で場所が移動しただけで、絶対量は減っていないのが困る。

またもうひとつの問題は、自分が書いた本である。これまで出した単行本の数を数えてはいないが、百冊は超えたような気がする。通常、著者は本が出るたびに、無償で十冊の本をいただけるのだが、私はそのうちの九冊はサインをして、母親の友人や、私の知り合いにお送りするので、手元には自分用の保存本の一冊だけ残す。それを段ボール箱に入れていたのだが、その段ボール箱も増えていく。三年後には同じように文庫本十冊が届く。これは書き下ろしでない限り、贈呈する予定はないので、増えるばかりである。そこで私は、四十歳までに発売された単行本は、カバーをはずしてそれだけ残し、本体は捨てた。中身は文庫本があるからいいのである。本棚には入れていないとはいえ、本置き場の段ボール箱が減ったのは喜ばしい。

私の本を作るのに、お骨折りくださった方々には大変申し訳ないのだが、自分の書いた本は気軽に捨てられるが、手元に残してある他人様《ひとさま》が書いた本は、そうはいかない。なるべくバザーに出すとか、交換本コーナーに持って行く手段を取りたい。しかしそれは私の体力を消耗するということでもある。とにかく入ってくる本を減らさないことには、埒《らち》があかないと心に決めた。重さも感じないし、クリックひとつでいくらでも本が買える、インターネットで買うのをしばらくやめて、どうしても欲しかったら、購入した本の重さを自覚できるように、書店で買うようにした。ところが書店にいったら余計に買ってしまった。インターネットの某サイトでは、頼んでもいないのに、「あなたにおすすめ」の本が出てくるのが、本当に余計なお世話で、

「絶対に買ってやるもんか」

と無視するのだが、書店に行くと、すべてがおすすめ本ではないかと思うくらい、目移りしてしまったのだ。

私はインターネットでは、欲しい本を決めて購入する場合が多い。さて何を買おうか、何かあるかなと、その場で本探しをするわけではないので、欲しい本が先にある。しかし書店に行くと、子供の本から実用書、文芸書、漫画、旅行ガイドまで、あらゆるジャンルの本が見られるので、これがありがたい反面、大きな落とし穴なのである。

最寄り駅の書店はずいぶん前につぶれてしまったので、本を買うときは徒歩十八分ほどの隣町の書店に行く。東と西と二か所ある。到着するとまずひととおり店内をチェックしないと気が済まないので、うろうろと歩いていると、そこここに読んでみたい本がある。「この本、再版されたんだ」と感激したり、「こういった翻訳本が出ていたんだ」と感心する。毎月送られてくる各出版社のPR誌で、新刊チェックはしているのだけれど、それ以外の出版社の情報は持っていない。書店に行ってはじめて、

「こんな本が出てた！」

と感激するのである。書店に行ったほうが買う冊数が少なくなるのではと想像していたが、実は逆だった。現物を見ると欲しくなるのである。昔は大きなショルダーバッグに、十冊、十五冊だったら平気でぶら下げて帰ってきたが、今は単行本だったら三冊、文庫本だったら五冊が限度だ。他に食材の買い出しもあるので、本だけ買って

家に帰るわけにはいかない。

そこで私はいったいどれを優先的に買って帰るか、悩まなくてはならない。候補としてはすぐにまた品切れ、絶版になりそうなもの、刷り部数が少なそうなものから買う。厳選した三冊を手に、食材の買い物も済ませ、その帰りに誘惑に負けて古書店などに寄ったらもう、大変である。すでに絶版で入手できない文庫本が、美本で格安で棚にあったり、全集のときに購入をあきらめたものが、端本でぽつんとあったり、荷物が多いときに限ってみつかったりもする。古書店での出会いは、もう二度とないかもしれないので、体力不足は棚に上げて、欲しい本を購入する。店を出て最初の二十歩はいいのだけれど、二十一歩目から、

「しまった……」

と後悔する。両腕は荷物の重さで抜けてしまいそうだ。

「がんばれ、足を右、左と前に出し続けていれば、そのうち家に着く」

自分で自分を励ましながら、

「やっぱり玉ねぎとキャベツは買うんじゃなかった。キャベツも丸ごとじゃなくて、半分のにするんだった」

と山のように後悔しながら、へっとへとになってやっと部屋に到着する。ただでさえ背が低く、歳を取ると縮むかもしれないのに、こんなことをしていたら、両腕の重

さて余計に縮むのが早くなりそうだ。

しかし玄関の中に入り、荷物を床に置いて、はあーとひと息つくと、すぐに買った本が読みたくなってしょうがない。食材をしかるべき場所に置くと、老眼鏡をかけて立ったままで適当なページを開く。気がつくと五分ほどそのままの格好で読み続けてしまうので、いったん本を閉じて、送られてきたゲラをチェックしたり、その日のうちにすべきことをしていると、あっという間に夜になる。ここで買った本をテーブルの上に置いたままにしておくと、ますます散らかるので、本置き場に持っていき、きょろきょろと周囲を見渡しても、本棚には隙間が見当たらないので、床置きしている本のいちばん上に、そっと置く……。これでは本が片付くわけがない。

私もこの状態がよいと思っているわけではない。しかし何回かの厳しい選別を逃れ、その結果、本棚に残っている、好きで買った本を手放すのは断腸の思いである。部屋をきっちりと片付けている人のなかには、

「何でも捨てればいいというわけではない。本当に好きなものはとっておいていい」

という人もいる。そういわれるとほっとするのだが、現実はそう甘くはない。本も好き、着物も好きと、所有物のなかで分量の多いナンバー1とナンバー2を抱え込んでいては、いつになっても片付かない。どこかでけりをつけないといけないのだ。いつになったら近所の図書館が再開されるかと調べてみても、まだ先になるのを知って、

ため息が出た。

何度も段ボール箱単位で本を処分したのに、なぜ効果がいまひとつなのか。それはもちろん私が家に本を持ち込むからである。仕事に直結する部分でもあるので、自分自身に甘えがあるのも事実だ。

「いつか役に立つ」

の落とし穴もある。若い頃はこれから書こうと考えているテーマの資料本を、少しずつ集めるのも楽しみのひとつだった。その結果、それがとても役に立ったのも事実だ。しかし現在はどうかと考えると、これからは何十冊もの資料を読んで一冊の本を書くという気にはなれない。とても体力が続かないのだ。となると、

「いつか役に立つ」

の基準で選んだ本は必要がないということだ。心配だったら買った書名を書き留めておけば、万が一、書きたくなるエネルギーが出てきたら、また買い集めればいい。でも還暦を前にした自分には、今でさえこうなのだから、これから先、資料を必要とする仕事はしないと思う、いやしないと決めて、それらの本を処分することに決めた。

そしてここでも、譲れる場所があるという自分の甘えがみえる。本が増えたとしても、バザーや交換本に持っていけばいいという甘えである。受け入れ先があるから、「ちょっとぐらい増えてもいいじゃないか」と気が緩む。それが証拠に、最寄りの図

書館の閉館に伴って、交換本コーナーが使えなくなったとたんに、本の行き場がなくなり、本が溜《た》まっていったではないか。

「どこにでもあると思うな、不要品の受け入れ先」

くらいの気構えがないと、これからは本一冊であっても、軽々しく物を買ってはいけない、買ったのならば他の本を必ず処分すると、肝に銘じなくてはいけない。

近いだの、遠いだのいっていないで、交換本コーナーのある図書館へ、こまめに通ってとにかく家から出すべく努力しはじめた。本棚の前に立ち、腕組みをしながらゆっくりと棚の上部の右側から左側に視線を移していく。奥のほうの単行本に目がとまることもあるし、手前の横積みにしてある文庫本に目がとまることもある。

「これはもう読まない」

とそのときに判断した本とは、残念ながらさよならをする。一度にたくさん選んでしまうと、全部はすぐに持っていけない。ハードカバーだと、一冊三百から～五百グラムなので、六、七冊が限度だ。文庫だともうちょっと持っていけるが、持って行けない分を別によけていると、後日、その山を見て、

「ちょっと、これは持っていくのはやめておこうかな」

と未練がましくなって、ふと気がつくとほとんどの本が本棚に戻っているはめになる。なので、その日に持って行く本は、直前に選び、エコバッグにいれてすぐ家を出

る。そして交換本コーナーに入れたら、他の本は何も見ずにすぐに図書館を出る。すべての動作を機械的にするのがコツである。もったいないとか、また読むかもなどという感情、迷いをいれてはいけないのだ。

両開きの本棚にある本は、これからもずっと手放したくない本が並んでいる。「樋口一葉全集」「樋口一葉來簡集」「尾崎翠全集」の創樹社版と、筑摩書房版、「野溝七生子作品集」「断腸亭日乗」「馬琴全集」「吾佛乃記」「路女日記」「小梅日記」「猫ジャケ1、2」「ギリシア哲学者列伝」「百日紅」「山崎方代全歌集」「土方巽全集」「森鷗外・母の日記」「フェミニテ」「肖像　ニューヨークの女たち」「名和好子のきもの遊び」「近世風俗志」「考現學」「モデルノロヂオ」「矢田津世子全集」「矢田津世子宛書簡」「猫の歴史と奇話」「放浪記」「贅沢貧乏」「文読む月日」「もめん随筆」「ヘンリ・ライクロフトの私記」「猫の写真図鑑」「神使になった動物たち」「グルジアぐるぐる」「古今名物御前菓子秘伝抄」「いじわるばあさん」などなど。ネコの「ヨウカンさん」たちの写真集「うちの猫ら」「おかき本」、不思議顔のまこちゃんたちの猫の本は、どれも二冊ずつ購入しているので、これから先、ぼろぼろに読み倒しても安心なのである。歳を取るにつれて、新しい本を次々に読むというよりも、同じ本を何度も読み返す傾向もあるので、これで何とか落ち着かないかなあと、希望的観測を持っている。

これらの鉄板本の他に、家から出されるか否か流動的な立場で、本棚二本、及び床置きの本が待機中なのだ。

猛暑の間は、体力温存していたので、交換本コーナーには出向かなかったが、バザーに二箱ほど出したので、本を買っても総数は少しだけ減ってくれた。床に積んであった本の上で、ネコが毛玉を吐いたり、爪で引っ掻《か》いたりしてカバーが汚れると、それをはずして本体を資源ゴミで出したりもした。少しずつではあるが、家から出しているうちに、横積みになっていた部分がだんだん減っていって、小さいほうの本棚ひとつがひとならびになった。誠に喜ばしい。頭の中であれやこれやと考えているときは、どこかもやっとしていたのだが、現実にひとつの本棚がひとならびになると、

「おお、これだ」

と気合いが入る。以前は、本棚にスペースがあると、すぐに本を置きたくなっていたのが、

「スペースがあっても、何も置かない」

と決めた。それを許すとまたぐちゃぐちゃになってしまう。自分がイメージした本棚の姿が、ひとつでも現実になると、やる気もわいてきたし、気合いが入った。あとは気長に交換本コーナーを往復すれば、念願の本棚ひとならべ作戦は完了するだろう。

本置き場の本、雑誌の処分のめどはついた。次はリビングルームの棚にある本や雑誌である。ここには文芸書はないが、何度も手にする料理本、編み物の洋書、着物の

本、和裁の本などが置いてある。ここも同じようにきちんと整理しなければいけないし、次に引っ越す場所によっては、この棚自体を処分する必要もある。となると木製のかわいい動物を飾るどころではない。ここに本や雑誌を入れてしまったので、本棚となっているが、本置き場にあるのが本棚で、これは本棚ではないと認識する必要がある。

リビングルームの棚にある本や雑誌は、限りなくゼロにしておいたほうがいい。一冊、一冊、チェックをして、また「中を見てしまうと惜しくなる」癖が出ると困るので、雑誌は機械的に端から紐《ひも》で束ねて、資源ゴミに出すようにした。よっぽど残しておきたい記事は、例の角封筒に入れてのファイルである。資源ゴミの収集日が週に一度ではなく、毎日あれば楽なのにと愚痴をいいたくなった。

本がそのままの形で、他の人に読んでもらえるのがいちばんいいのだけれど、その状況に甘えると本が増えてしまう。友だちは、

「気前がいいからそう思うのよ。ケチな人は自分が買ったものを、他人にただであげようなんて考えないわよ」

という。たしかにそうかもしれないが、誰かがもらってくれるという甘え、それが私の整理整頓《せいとん》を阻んでいた落とし穴なのだ。不要品の受け入れ先があると考えず、

「誰も自分の持っているものなんか、欲しいと思っている人はいない」

くらいに考えないと、いつまでたっても家は片付かない。気前がいいとはいわれながら、実は買ったものすべてに、ちょっぴり執着を持っているのが我ながら情けない。

誰かに、

「お前の持っているものなんか、誰もいらねえんだよ！」

と罵倒《ばとう》された気になって、心して「本棚ひとならび作戦」を粛々と遂行していこうと、今度こそは決意したのである。

あとがき

本を書き下ろして、これまでの自分の自堕落さをあらためて見せつけられ、

「いかん、いかん」

とつぶやきながら、

「捨てる、捨てる、ともかく捨てる」

と室内をぐるぐるまわる日が続いた。捨てた気になっていても、捨てたのはその日に届いた郵便物だけだったり、本を三冊買って、手持ちの本を二冊交換本コーナーに持っていっても、結局、一冊増えてるじゃないかという、すっきりさっぱりするには、ほど遠い日が続いている。


いちばん問題の着物は、少しずつ手入れ、仕立て直しを終えて、うちに届けられている。その分を収納するスペースがないので、配送された呉服用の箱のまま、着物部屋の和室に積んである始末である。知人に四枚もらっていただいても、十枚が家に届く。何も買わなくても、着々と枚数が増えている。どうしたものかと悩んでいるうちに、結論が出た。

「洋服を処分して、その空いたスペースに着物類を入れるしかない」

といっても洋服をゼロにはできないので、最低限、何が必要かを見極めなくてはならない。服を一点ずつ見ては、これはいる、いらないと判断し、それを今まで何度もやってきたのに、いまひとつすっきりしない。そこで、何か問題解決になる糸口はないかと、本や雑誌、インターネットのサイトを調べてみた。あまりに調べまくったため、どのサイトで紹介されていたか忘れてしまったが、その方法は分析が必要なので、瞬時に処分するかしないかは決定できない。しかし第一段階として、全体数を減らしているので、効果的ではないかと取り入れてみた。

その方法は紙を用意して、縦に一月から十二月、大まかに春夏秋冬でもいいのだが、気温が全体的に変わる時期を記入する。いちばん上の横列はアイテムを記入する。たとえば濃紺のクルーネックのカシミヤの長袖《ながそで》セーターの場合、私だと一月から三月半ば、そして十月から十二月に着るので、着る月の部分に実線で記入する。色的に春先はどうかなと思うけれど、着られるかもという時期は、破線にしておく。それをすべてのアイテムに当てはめると、その時期に着る自分のアイテムの偏りがわかり、そのなかから処分するものを選ぶのだ。私が着物で行った、着用時期、目的別に着物を振り分けるシステムの洋服版といえるだろう。数十点とはいえ、洋服全部を書き出すのは一度にはできないので、仕事の合間に少しずつやっている。

そんななかでまっさきに処分したのは、二十年前に購入した、カナリア色のフレンチスリーブのシルクブラウスだった。厚手のシルクで格子柄が浮き出るような織り方になっていて、デザインはスタンドカラーのチャイナブラウス風だ。フレンチスリーブそのままでは腕がむきだしになるから、上に何か羽織ればいいと考えていたのだが、チャイナテイストはそれだけでデザインが確立されているので、その上に何か羽織ると、ものすごくやぼったくなる。なので一度も手を通さないままになってしまった。また、最近の気候の問題もあり、フレンチスリーブが似合う季節に、スタンドカラーだと、首まわりが暑くて仕方がないので、一回も手を通さないまま、バザー品として出した。早く手持ちの服の全体の様子を把握して、粛々と処分していきたい。

食器も一度整理してから、入れ替えが激しくなっている。これまではほとんど和食が主だったのが、イタリアンもふだんに食べたくなってきたのだ。和食器はどんなジャンルの料理にも使えるけれど、何十年も自分で作って自分で食べる生活なので、少しでも気分転換になり、楽しく自炊できたほうがいいのではと思うようになった。こういう考え方が、物を増やす元凶になるのかもしれないが。

パスタを盛りつける、オーバル型の皿が欲しくて、どうしようかと激しく迷っていた。手持ちの皿で十分なのだけれど、オーバル型だと横にちんまりと彩り野菜が添えられるので、ひと皿の色合いが美しくなるのではと考えたのである。二か月以上迷った結果、結局、買ってしまった。うれしかった。そして手持ちの二十一センチの皿では、ワンプレートができないと急に思い立ち、二十六センチのものも買ってしまった。おまけに隣に飾ってあった、ピーロパイッカの二十六センチの皿も衝動買い……。和食器を三点処分したので許してちょうだいと、脳内の「とにかく捨てろ」と叫んでいる、もう一人の自分に謝った。

悲報としては、食器というものは、気に入ったものから割れるという不思議な法則があるのに、それに反して二十年以上手元に残っていた、愛用の御飯茶碗《ぢゃわん》が割れてしまったことだった。直径三センチほどの丸の中に「口」の字を中心にして、「吾」「唯」「足」「知」の文字がデザインされていて、茶碗内の底の部分に藍色《あいいろ》で描いてある。同じく外側にもそれが配されている。大好きな茶碗だったのに、さよならせざるをえなくなった。残念だったが、二十年間、一日に二食、御飯を食べたとして、一万四千六百回以上、使い続けていたのだから、ご苦労様でしたという気持ちである。御飯茶碗を買わずに、他の小さなボウルとか、大ぶりの茶碗で代用しようかなと考えたが、新たに購入した。食器はそのときどきの気分で、これからも出入りがあるだろうけれど、激増しないように気をつけていきたい。

書類、プリントアウトしたものは、現在は捨てモードに入っている。なるべくプリントアウトはせず、したものは封筒式のファイルにいれて、すぐに整理。こちらのほうは問題は起こっていないが、封筒ファイルの枚数が気を許すとすぐに増えるから、気をつけなくてはいけない。基本的にはファイリングさえしなければ、そんなことも起こらない。忘れないためにファイリングしているのだが、忘れても知らなくてもいいじゃないかと思うときもある。しかし私は自分の好きな事柄は、なるべくたくさん知っておきたいのだ。

このようにまだ欲が残っているので、家はすっきり片付いているというわけにはいかない。ただ今より狭い新居探しは続けているので、それが物をどっと処分できる最後のチャンスと期待している。「もう捨てるものはないっ」といいきれるくらいの生活を、早くしたいものである。

本書は書き下ろしです。

欲《よく》と収納《しゅうのう》

群《むれ》ようこ

平成26年 1月25日　初版発行

発行者●山下直久

発行所●株式会社KADOKAWA
〒102-8177　東京都千代田区富士見2-13-3
電話 03-3238-8521（営業）
http://www.kadokawa.co.jp/

編集●角川書店
〒102-8078　東京都千代田区富士見1-8-19
電話 03-3238-8555（編集部）

角川文庫 18359

印刷所●旭印刷株式会社　製本所●株式会社ビルディング・ブックセンター

表紙画●和田三造

ISBN978-4-04-101183-6　C0195

角川文庫発刊に際して

角　川　源　義

第二次世界大戦の敗北は、軍事力の敗北であった以上に、私たちの若い文化力の敗退であった。私たちの文化が戦争に対して如何に無力であり、単なるあだ花に過ぎなかったかを、私たちは身を以て体験し痛感した。西洋近代文化の摂取にとって、明治以後八十年の歳月は決して短かすぎたとは言えない。にもかかわらず、近代文化の伝統を確立し、自由な批判と柔軟な良識に富む文化層として自らを形成することに私たちは失敗して来た。そしてこれは、各層への文化の普及滲透を任務とする出版人の責任でもあった。

一九四五年以来、私たちは再び振出しに戻り、第一歩から踏み出すことを余儀なくされた。これは大きな不幸ではあるが、反面、これまでの混沌・未熟・歪曲の中にあった我が国の文化に秩序と確たる基礎を齎らすためには絶好の機会でもある。角川書店は、このような祖国の文化的危機にあたり、微力をも顧みず再建の礎石たるべき抱負と決意とをもって出発したが、ここに創立以来の念願を果すべく角川文庫を発刊する。これまで刊行されたあらゆる全集叢書文庫類の長所と短所とを検討し、古今東西の不朽の典籍を、良心的編集のもとに、廉価に、そして書架にふさわしい美本として、多くのひとびとに提供しようとする。しかし私たちは徒らに百科全書的な知識のジレッタントを作ることを目的とせず、あくまで祖国の文化に秩序と再建への道を示し、この文庫を角川書店の栄ある事業として、今後永久に継続発展せしめ、学芸と教養との殿堂として大成せんことを期したい。多くの読書子の愛情ある忠言と支持とによって、この希望と抱負とを完遂せしめられんことを願う。

一九四九年五月三日

角川文庫ベストセラー

きものが欲しい! 群 ようこ

若い頃、なけなしのお金をはたいて買ったものの全く似合わなかった縮緬。母による伝説の「三十分で五百万円お買い上げ事件」——など、著者自らが体験した三十年間のきものエピソードが満載のエッセイ集。

それ行け!トシコさん 群 ようこ

どうして私だけがこんな目に⁉ 惚け始めた舅に新興宗教にはまる姑、頼りにならない夫、反抗期と受験を迎えた子供。襲いかかる受難に立ち向かう妻トシコは——群流ユーモア家族小説。

三味線ざんまい 群 ようこ

固い決意で三味線を習い始めた著者に、次々と襲いかかる試練。西洋の音楽からは全く類推不可能な旋律、はじめての発表会での緊張——こんなに「わからないことだらけ」の世界に足を踏み入れようとは!

しいちゃん日記 群 ようこ

ネコと接して、親馬鹿ならぬネコ馬鹿になることを、「ネコにやられた」という——女王様ネコ「しい」と、御歳18歳の老ネコ「ビー」がいる幸せ。天下のネコ馬鹿が贈る、愛と涙がいっぱいの傑作エッセイ。

財布のつぶやき 群 ようこ

家のローンを払い終えるのはずっと先。毎年の税金問題も悩みの種。節約を決意しては挫折の繰り返し。〃おひとりさまの老後〃に不安がよぎるけど、本当の幸せって何だろう。暮らしのヒントが詰まったエッセイ。

角川文庫ベストセラー

三人暮らし 群ようこ

しあわせな暮らしを求めて、同居することになった女3人。一人暮らしは寂しい、家族がいると厄介。そんな女たちが一軒家を借り、暮らし始めた。さまざまな事情を抱えた女たちが築く、3人の日常を綴る。

楽しい古事記 阿刀田高

古代、神々が高天原に集い、闘い、戯れていた頃。物語と歴史の狭間で埋もれた「何か」を探しに、小説家・阿刀田高が旅に出た。イザナギ・イザナミの国造りなど名高いエピソードをユーモアたっぷりに読み解く。

日本語を書く作法・読む作法 阿刀田高

「文章の美しさを知らなければ、よい文章への一歩さえ踏めない」。読むことの勧め、朗読の心得、小学校の英語教育について、縦書の効果。日本語にまつわるエッセイのなかに、文章の大原則を軽妙に綴った一冊。

日本語えとせとら 阿刀田高

もったいないってどういう意味？「武士の一分」の「一分」って？古今東西、雑学を交えながら不思議な日本語の来歴や逸話を読み解く、阿刀田流教養書。名文名句を引き、ジョークを交え楽しく学ぶ！

白黒つけます!! 石田衣良

恋しなくなったのは男のせい？ それとも……恋愛、教育、社会問題など解決のつかない身近な難問題に人気作家が挑む！ 毎日新聞連載で20万人が参加した人気痛快コラム、待望の文庫化！

角川文庫ベストセラー

角川文庫ベストセラー

あなたには帰る家がある　山本文緒

平凡な主婦が恋に落ちたのは、些細なことがきっかけだった。平凡な男が恋したのは、幸福そうな主婦の姿だった。妻と夫、それぞれの恋、その中で家庭の事情が浮き彫りにされ——。結婚の意味を問う長編小説！

結婚願望　山本文緒

せっぱ詰まってはいない。今すぐ誰かと結婚したいとは思わない。でも、人は人を好きになると「結婚したい」と願う。心の奥底に巣くう「結婚」をまっすぐに見つめたビタースウィートなエッセイ集。

そして私は一人になった　山本文緒

「六月七日、一人で暮らすようになってからは、私は私の食べたいものしか作らなくなった。」夫と別れ、はじめて一人暮らしをはじめた著者が味わう解放感と不安。心の揺れをありのままに綴った日記文学。

かなえられない恋のために　山本文緒

誰かを思いきり好きになって、誰かから思いきり好かれたい。かなえられない思いも、本当の自分も、せいいっぱい表現してみよう。すべての恋する人たちへ、思わずうなずく等身大の恋愛エッセイ。

再婚生活　私のうつ闘病日記　山本文緒

「仕事で賞をもらい、山手線の円の中にマンションを買い、再婚までした。恵まれすぎだと人はいう。人にはそう見えるんだろうな。」仕事、夫婦、鬱病。病んだ心と身体が少しずつ再生していくさまを日記形式で。